血汐笛

下巻

柴田錬三郎

春陽堂書店

目次

血汐笛

下巻

美姫しぐれ

ここ数日、梅雨にはいるけはいをみせて、朝の空気も、じっとりと重い。

松平大和守上屋敷の母屋の広縁を、後ろ手に組んで、ひょこひょこと歩いて行く側頭役須藤九郎兵衛は、ほととぎすが、鋭く啼いて翔けすぎた中空を見あげて、

「当分、うっとうしいことじゃわい」

と、つぶやいた。

美しい白砂の平庭に、今朝も弓を引いている主君の、片肌ぬぎのすがたを見やって、老人は、首をふると、沓脱石の下駄をひろって、近づいて行った。

「殿！」

呼びかけたが、千太郎は、返辞をせずに、ぶんと矢をはなつ。

「殿、嫁をもらいなされ」

老人は、例によって、大声で、どなった。

「嫁は、もたぬ」

千太郎は、次の矢をつがえながら、三千何百回めかの同じ返辞をした。

「こんどの候補者は、黒田家の御息女でござるぞ。爺は、昨日、お目通りいたして参りましたぞ。典雅華麗、まずもって、三百余侯中、五指にかぞえられる姫君でござる。芳紀十九歳」

「若すぎる」

「とんでもござらぬ。太閤秀吉と淀君は、何歳のひらきがあったと思うてじゃ」

「わたしは、太閤のような色ごのみではない」

「色ごのみでないからこそ、黒田家御息女も、年齢のひらきなぞすこしもかまわずに、嫁ぎたいと、まだ見ぬ殿にあこがれておいでてござる。のう、殿、このあたりで、なんとか、妥協めされい」

返辞は、矢唸りであった。

すでに、巻藁の的の中点には、五本も集中している。

「殿──」

今朝の九郎兵衛は、いつもとちがって、かんたんにはひきさがらなかった。

「よろしゅうござるかな。この仲人役は、白河楽翁公でござるぞ」

白河楽翁──すなわち松平定信は、一代の賢宰相として、田辺意次の悪政によって乱脈をきわめた時代をひきうけて、よく寛政の改革を断行したのち、いまは、廟堂を出て、悠々自適のくらしを送っている当代の君子人であった。

「白河楽翁であろうと、白河夜舟であろうと、嫁の話は、いっさいことわる」

千太郎の口調は、まことに、冷淡なものであった。

「しゃっ！　なんたることを申されるものぞ！」

老人は、もったいなげに、目をむいて、口をとがらせた。

と──急に、千太郎は何を思いついたか、

「そうだな。楽翁公に、一度会うか」

「おっ！」

九郎兵衛老人は、頓狂な歓喜の叫びをあげた。

「お会いめされるかい！　重畳！　重畳！」

「ただし、嫁取りの話で行くのではない」

「いや、なんの話にもせよ、楽翁公にお会いめされるのは、大賛成でござる。……お一人で、夜あるきをなされて、危険なまねをされているよりも、楽翁公に御相談なされるが肝心でござろうわい」

老人は、先夜、千太郎が、白装束でもどった際、返り血に点々と染まっているのをみとめて、仰天したものであった。

いかなる理由か、問い糺そうとしなかったのは、主君を信じている忠僕の心得であったが、それだけに、内心の不安は非常なものだったのである。

「馬を引いておいてもらおうか」

「心得てござる」

老人がひきかえして行ったのち、千太郎の方は、さらに、三矢ばかり射た。

遠く口笛が鳴った。

千太郎は、すぐに、平庭を横切って行った。

茶庭の奥の四阿で――。

千太郎の前に平伏したのは、あごであった。

「疲れは、とれたか？」

「なんの――」

あごは、首をふって、

「殿をあのような危険におまねき申し、あご生涯の不覚にございます」

「それは、もうよい。……今日は、何か？」

「は――。品川の伝奏屋敷に、三位烏丸卿が逗留にございます」

「ふむ――。いつ出府した？」

「昨日にございます」

「……」

千太郎は、宙に目をおいて、しばらく、じっと、沈思していた。

公卿というものには、いくつかの派がわかれ、複雑をきわめている。

烏丸卿が、目下、いずれの側に立っているか、ちょっと見当がつかない。

烏丸卿は、いわゆる名家で、頭弁という地位につく身分であった。五位の侍従から、弁官となり、蔵人に補し、検非違使を兼ね、蔵人頭を任じ、ついで頭弁となって、参議に任じ、ついには、権大納言に進む人物である。

――いかなる目的か？

――摂政の人々の協議の結果を持って、幕閣へ交渉にやって来たのか？

――それとも、公儀の陰謀に加担するために、おびき寄せられたか？

長い間、黙念としていた千太郎は、

「よかろう、いずれにしても、こちらの計画に変りはない」

同じ日の朝――。

浅草御門に寄った風雅な屋敷の離れでは、白髪白髯の老翁が、経几にむかって、「正法眼蔵」の写本に余念がなかった。

障子が開けはなされ、巨大な切石と自然石でくみ合わされた敷石道のかなたに、蘇鉄のひとむらが、望まれる。

陽のささぬ、淡々とした空気は、ひそとしずまりかえっている。

その静寂の中に、かすかな足音がひびいた。

敷石道をふんで、近づいて来たのは、きらら主水であった。

濡縁の前に立って、

「御清閑をわずらわします」

と、声をかけた。

老主人は、筆をとめて、顔をあげると、

「主水か――」

とうなずいた。

「てまえ、甲姫のままごと遊びに、少々あきました。今日あたり、おいとまをたまわりとう存じます」

主水は、云った。

「まあ上るがよい」

老主人は、うながした。

主水は、下座に就くと、あらためて、美しく老いた気品高い人物の容子を、じっと見まもった。

相手もまた、穏やかなまなざしを、主水にかえして、

「おぬしはひとり者かの？」

「左様です。天涯孤独です」

「したが、氏素姓の正しさが、その顔に見えるが——」

「……」

主水は、しばらく、口をつぐんでいたが、視線を経几の写本へ置いて、ひくい声音で、

「わたしの父は、京の公卿でした」

と、こたえた。

「ほう……なんと申されたな？」

「検非違使別当姉小路忠房と申しました」

「ふむ！」

瞬間、翁のおもてが、かすかな緊張をしめした。

「では、おぬしの母御は、綾野どのといわれなかったか？」

主水は、じっと見すえてくる相手の視線が底に強い光をおびているのをおぼえて、

「御隠居様には、てまえの母親をご存知でしたか？」

「存じて居った。……京から、江戸城本丸大奥に参られていたからの」

「そうでした。てまえが、三歳のおり、母は、てまえを京にのこして、出府いたしまし

た」

主水は、母が、それから二年後、江戸城内で逝ったということを、ずうっと後年にいたって知らされたのであった。母が、大奥で、どんなつとめをしていたのか、知らされず、今日にいたっている。

記憶のいい読者ならば、先頃の夜、笛ふき天狗が、由香にむかって語った一条をおぼえているはずである。

二十年前――。

大奥に、将軍家治の息女として双生児が生まれた。双生児についての忌まわしい迷信によって、片方の生命が断たれることになり、その悲運のくじにあたったのが夕姫こと由香であった。しかし、ひとりの御乳の人の必死の守護によって、由香は生きのびることができた。

その御乳の人が、検非違使別当姉小路家の夫人綾野という婦人であった。

きらら主水は、その子だったのである。

老翁は、主水を、ふかい感慨をもって眺めながら、

「おぬしの母御は、立派なひとであった」

と、云った。

「てまえは、風の便りで、母がみずからの生命をすてたときおよびましたが、御隠居様には、その理由を御存じでありましょうか？」

「……」

「おさしつかえなくば、おきかせ賜りとう存じます」

これに対して、老主人は、ややしばしの沈黙を置いてから、ぽつりと、

「過ぎ去ったことじゃ」

と呟きすてた。

主水は、相手が、語るのを好まぬ以上、しいて、問い糺す気持はなかった。

「……では、これで、失礼つかまつります」

一礼して、立ち上ろうとすると、老主人は、急に、気色をあらためて、

「こちらから、すこし、たずねておきたいことがある」

と、云った。

主水は、坐りなおした。

「おぬしが、甲姫をつれて参った時、わしはすでに世をすてている隠居ゆえ、仔細はきかぬことにしようと、申しておいた」

「いかにも、申されました」

「しかし……もしかすると、隠居にも、一臂をかすことができぬでもなかろうと、いま、ふと、思いかえした」

「是非そうお願いできますれば、と申して、てまえにも、まだ敵の全貌は五里霧中にかくれて居りますが――」

「ふむ――」

ここで、翁のおもてには、微笑がのぼった。

「どうやら、おぬしが対手とした敵は大物らしいからの」

「御想像がおつきになりましょうか？」

「まず、およそのところはの――。おぬしは、甲姫をつれて参った際、甲姫ときょうだいにあたる娘をあずかって居る、と申して居ったな」

主水は、こたえた。

「左様です。てまえの目に狂いがなければ、双生児であります」

「公儀の記録には、その娘は、すでに二十年前に亡きものとなって居る。……尤も、わしは、生きのびた事実は、知って居ったが――」

「その娘に、何故に、危難がふりかかるか――それを、てまえは、さぐろうといたしましたが……、どうやら、御当家で、むだな日時を費しているうちに、その娘は、すでに、敵方に捕われたのではないか、という予感がいたします。ただ、捕えられても、生命は保護されるに相違ない、と信じられますので、てまえとしては、べつだん、あわてもいたしませぬ。たぶん、白痴の甲姫君の身代りとして、その娘を、何かに役立てようとする企てがあると――それだけは、漠然と推測いたして居ります」

「慧眼だの」

老主人は、破顔した。

「御隠居様には、これに対して、樹てるべき謀策がおありならば、てまえに御指示下さいませんか。てまえは、危険にわが身をはこぶことは、いささかもいといませぬ」

「ふむ――」

老主人は、静寂の庭園へ目を送って、すぐには、こたえなかった。

やがて——。

「何事も、報いありける憂世かな」

と、謡曲・仲光の一句をつぶやいた老人は、視線を主水にもどして、

「あわてることはあるまい。幕閣に人がないわけではない。地頭に法なしの横道がいつまでもつづきはせぬ、この隠居も、ひとつやってみるから、おぬしはおぬしで、自分でやりたいように働いてみることだの、おのおのが、勝手にうごいても、その目的がひとつならば、いつの間にか、力はひとつのものになっていよう」

「わかりました」

主水は、あらためて、一礼して、立った。沓脱石に降りた時、主水は、経几の前の老主人を見やって、

「失礼ながら、御隠居様が、白河楽翁公であらせられることは、てまえも、ようやく気がついて居りました。一介の素浪人に、温容を賜りましたこと、生涯忘却いたしませぬ」

老主人は、これに対して、ただ、微笑をもってむくいた。

主水は、遠ざかって行った。

老主人は、二十年前の記憶をたぐって、ひとりの清雅な婦人をよみがえらせながら、

「親はなくとも子は育つ——と申すが、あの烈女の子たるにふさわしい若者よ。よくぞ育った」

と、独語していた。


きらら主水は、門を出た時、戛々たる馬蹄のひびきがつたわって来たので、それと反対の方角へ足を向けた。十歩もあゆまぬうちに、馬が、門前でとめられたので、何気なく、ふりかえってみた。

とたん——

——おや？

停ったのは二騎で、立派な壮年の武士と老人であったが、前者の横顔に、見おぼえがあった。

しかし、すぐに、思い出さず、

——はて？

と、首をかしげた。

するとむこうも、こちらに気づいて、じっと視線をあてて来た。

主水の胸中が、にわかにさわいだ。それでいて、会った場所を思い出せぬのが、もどかしかった。

武士は、老人をしたがえて、さっさと門内へ入ろうとした。

「待った！」

突然、記憶が矢となって脳裡によみがえるや、同時に、主水は、そう叫んでいた。

武士は、足をとめて、ふたたび、こちらへ顔をまわした。

主水は、つかつかと近よると、

「わたしは、おぬしに会って居る！」

と、語気鋭く云った。

すると、武士がこたえるよりさきに、老人が、

「無礼者め！　下れい！」

と叱咤した。

「このお方は、さきの若年寄、従四位大和守、松平千太郎君であるぞ」

「なに？」

主水は、呆然となった。

「ま、まことですか、それは？」

烈しい眼光を刺されつつも、千太郎は、にこにこして、

「この爺は、八十年の生涯、一度も嘘を申したことはない」

「し、しかし――」

「わたしの方は、いまはじめて貴公に会う」

明快に、そう断言されると、主水の自信はぐらついた。

当惑して、つッ立つ主水をそこにのこして、千太郎主従は、白河楽翁邸へ、消えた。

なおも、それから、しばし、同じ位置を動かずにいた主水は、急に、憤然と、

「いや！　おれの目に狂いはない！　あいつは、笛ふき天狗だ」

と、云いはなった。

「よし！」

もう一度たしかめるべく、主水は、足音を消して、影のごとく、すべり込んで行った。

だが、庭園への中門をくぐろうとした主水の足を、停めさせたのは……。

急に、ざあっと降って来た時雨の中を、ふらふらとさまよいつつ、哀しげに狂おしく、

「主水！　きらら主水！」

と、呼びとめている白痴の美姫のすがたであった。

陰　謀

「おうおう――うわさをすれば、影とやら、伊勢屋の小町が通るぜ」

若い者が、となりの男の頭を小突いた。

「おっ、柳の木に朝顔が咲いたってえ風情だぜ」

格子窓へ、部屋でごろごろしていた連中が、一斉に、顔をくっつけた。

ここ深川黒江町の小えんの家である。町内の若い衆の寄合所の観を呈している。

「お欣ちゃん」

一人が、声をかけると、娘は、にっこり会釈してから、向いの足袋屋の店先で内儀と立話をはじめた。

「目千両だのう」

「明眸ようやくひらいて秋水を転じって、唐のえれえ学者が云ってら、六尺の身は一尺の面に如かず、一尺の面は一寸の目に如かずというんだ。おめえの妹は、二尺の面に五分の目で、虫眼鏡でさがさなけりゃ、わからねえや」

「なにをぬかしやがる。てめえだろう、このあいだの晩に、くら闇で、妹に抱きつきやがったのは——」

「おきやがれ。だれがあんなおかちめんこに——。おめえの妹とお欣ちゃんの似ているところは、臍は、臍だけだ」

「臍だって、ちがわあ、お欣ちゃんの臍は、てらてらと金色に光ってら、竹公の妹の方は、出臍で、おまけに曲ってやがらあ」

「へん、おれの妹に振られやがったものだから——くやしかったら、妹の臍をなめに来やがれ」

「おお、きたねえ」

「てめえは、餓鬼の時分、お袋の出臍をなめて育ったという、もっぱらの評判だぞ」

「うるせえな。みろや、あのお欣ちゃんの後姿をよう——

折れるばかりに

その名にめでて
露をふくめる女郎花

というのは、あれのことだぜ」
「あの小町と一夜あかしたら、おらあ、死んでもいいのう――
ふたつ枕をならべたままで
一夜あかしのうらみごと
さくら色ますうれしいえにし
空に知られぬ雪の肌
とくらあ……」
がやがやとざわめきたてているところへ、伊太吉が、とっとと、急ぎ足でやって来た。
すると、お欣が、あわてて店から出て来て、
「伊太さん――」
と、呼んだ。
「おう、お欣ちゃんか。あいかわらず、つんと、こう鼻すじが通って、きれいだの」

お欣は、勝気そうな明るい表情に、はじらいも、ふくまずに、

「伊太さん、いつかの約束、忘れたの？　きらら主水さんにひき合わせてくれるってさ」

と、云った。

伊太吉は、この小町娘が、小えんのところへ稽古に来ているうちに、時折ふらりとあらわれる主水を見そめたのに気がついて、からかい半分に、仲をとりもってやろう、と約束していたのである。

由香があらわれる前の話であった。

「いや、その——忘れていたわけじゃねえが、ここんところ、ばかに忙しくてね」

「伊太さんのうそつき！」

にらむお欣へ、格子窓の中から、

「おうおう、おれも、ひとにらみされてえのう」

「加藤清正は槍で殺す、伊勢屋の娘は目で殺す。虎公、殺されたくて、よだれをたらしてやがらあ」

伊太吉が、ふりかえって、

「うるせえっ！　色餓鬼ども、どこかへ消えちまえ！」
と、どなりつけた。
どうにか苦しい云いのがれをして、お欣を去らせてから、伊太吉が、家へ入った時、
若い衆たちは、裏口からにげ出していた。
小えんは、茶の間で、ひとり三味線をつまびいていた。
　むっとして
　帰れば、門の青柳に
　くもりし胸を春雨の
　また晴れて行く月の影
　ならば、おぼろにして欲しや
伊太吉は、その前に坐って、
「いけねえや」
と、重いものをなげ出すように吐き出した。
小えんは、ものうげなまなざしをあてて、
「どこにも見つからないのかい？」

「ああ——」

伊太吉は、うなずいて、長火鉢の茶碗へ、白湯をついで、のみほした。

主水をさがして、昨日今日、足を棒にしてうろつきまわって来たのである。

「ほんとに、どこへ行っちまったんだろうねえ」

「おれは、だんだん、きらら野郎に腹が立って来た。……あん畜生、たしかに、お嬢さんに惚れてやがるにちがいねえんだ」

「どうして、それがわかるのさ」

「これを見な!」

ごそごそと懐中をさぐって、ほうり出した一枚の短冊に、
さりとても匂いゆかしき一輪花
賤の垣根を思い忘るな
「どこにあったの、この歌?」

「吉原の引手茶屋で、きらら野郎、書きのこして行きやがったんだ。おれは、歌なんざ、お経同様ちんぷんかんぷんだから、大まがきの花魁へ持って行って、意味を解いてもらったんだ。そうしたらこれは、恋しい女を忘れかねた歌だ、と云やがった」

それから――。

一刻あまりのうちに、伊太吉は、五合ばかり冷酒をぐい飲みして、したたか、酔っぱらった。

「ええい、こん畜生っ！　きらら野郎、どこへ行きやがったんだ！　主水、出て来い！」

と、思いきり大声で、喚いて、ふっ、とくさい息を吐いたおりもおり――。

がらり、と格子戸が開いて、

「主水、ただいま、それへ参上」

と、団十郎の大星由良之助よろしくの声が、かけられた。

「な、なにをっ！」

伊太吉は、血走った目を、ひんむいた。

きらら主水は、のっそりと入ってくると、

「いいご機嫌で――」

「旦那！　いやさ、きらら主水さん！」

伊太吉は、目をすえて、にらみあげた。

「伊太さん、およしよ」

小えんが、はらはらして止めようとすると、

「女なんざ、そっちへすっ込んでいろい」

と、どなりつけた。

「お勇ましいお酔いぶりで――」

主水は、笑った。

「お勇ましいや、あたりめえよ。これが、勇ましく酔わずにいられようかってんだ。これから、公方の親爺さんの屋敷へ、のんのんずいずい、乗り込んで、お嬢さんを奪いけえしてくる前祝いの酒だアな。……え、おい。主水の旦那、きいたかよ。もそっと、前へ出てくんねえ」

「へい」

「へいだと、なにが、へいだ。やい、きらら旦那、おめえさんは、いってえ、今日まで、どこをうろついていやがった？　おめえさんが、吉原の引手茶屋なんぞで、さりとはつらい匂いの花が、垣根へしずくをたらして、どうとかした、てな歌をよんでいやがる間に、お嬢さんはな、と、と、とっつかまって、ふんじばられて、公方の親爺の屋敷

へつれ込まれて、はだかにされて、風呂桶へつけられて、狒々じじいにふん込まれて
だ、あわや、操を破られようとしたんだぞ。どうだ、きらら旦那、これをきいて、かっ
とからだが熱くならなけりゃ、おめえさん、刀なんざすてちまえ」
伊太吉は、食いつきそうに目を燃やして、肩をいからせた。
「弱ったな」
主水は、笑顔をつづけていた。
「弱っただけで、すむけえ！　操が破られるか破られねえかの瀬戸際なんだぜ。こんな
ところで、腕ぐみなんぞしているひまはねえ筈だぞ、おいっ、きらら旦那、いってえ、
どうするんだ？」
「さあ――」
「さあ、だと。芝居のかけあいをやってるんじゃねえや。おめえさんが、いやだという
なら、たのまねえ。この伊太吉一人で、救い出してやらあ、やりそこなったら、公方の
親爺の方を三枚にひらいて、頭から噛って来てやる」
にらみつける伊太吉から、視線をそらして、猫の額ほどの庭に咲いている芍薬を眺め
ていた主水は、つと、顔を向きなおらせた時、ひきしまった表情になっていた。

「由香さんは、たしかに一橋治済卿の屋敷に拘禁されているというのだな」

と、念を押した。

「そうよ。かわいそうに、狒々じじいに、素裸を見られて、死ぬ思いをしてらあ」

「お前は、それをどこからのぞいた？」

「天井裏だい。あんまり癪にさわったから、大声でどなっちまって、生命からがら逃げて来たんだ」

「いい度胸だな」

「人間、死ぬ気になりゃどんな芸当でもできらあ。主水さん、こんどは、おめえさんが、はなれ業をみせる番じゃねえのかい」

「そうさな」

主水は、刀を把って、立ちあがった。

「おっ！　やってくれるんですかい？」

伊太吉は、目をかがやかせて、腰を浮かした。

小えんは、不安そうに、主水を見あげた。

主水は微笑して、

「伊太吉。これが、この世の別れとなるかも知れぬ。達者でくらせ」

「い、いやなことを云うねえ」

「といった覚悟でやるから、安心せい、ということだ」

「あっしも、ついて行かあ」

「足手まといだ」

「冗談いっちゃいけねえ。いざとなりゃ、大の字にひっくりけえって、どうでもしやがれ、と啖呵をきる度胸はあるんだ。鯉だって、俎板へのせられりゃ、びくともしねえ覚悟があらあ。そいつを料理する板前が、みっともねえあがきをみせるもんけえ。あっしのことは、うっちゃっといてくれりゃいいんだ。あっしが、大の字になった隙に、おめえさんは、お嬢さんをつれて逃げてもらおうじゃねえか」

主水は、うなずくと、茶の間を出た。

小えんが、あわてて、追って、

「旦那！」

「だ、だいじょうぶでしょうか？」

と、目をすがらせると、伊太吉が、ふらふらしながら、

「おう、おう——姐さん、泣声を出すかわりに、景気よく、切火で送り出してもらおうじゃねえか」

と、いった。

「あたしが、わるかった」

小えんは、いそいで、神棚から石をとって、玄関へ出ると、土間へ降り立った主水の後姿へ、きちっきちっと、切火を送った。

「いざさらば、由香見にころぶところまで——てんだ。出かけるさきは一橋、渡る世間の鬼蛇の目、さしたることもありやせん、さっさよいやさ、えっさっさ、とくらあ」

伊太吉は、うたいながら、主水のあとにしたがった。

主水は、ふところ手で、ゆっくりとした足どりで、ひくく、小唄を口ずさみながら、八幡橋を渡って行く。

　琴をしらべて、今宵もはやく
　きみのかようを
　松の風
それを、うしろの伊太吉が、ひきとって、

「こうなるからには、このすえかけて、とくらあ、ぬしを杖とも柱とも――。へへ、どうだ、そこのねえちゃん、ひとつ、尻のふりかたを教えてやろうか」

と、稽古がえりの芸者に呼びかけておいて、ひょこひょこと、腰をゆすって、

金ぴら船々
追手に帆あげて
　シュラシュシュシュッ
まわれば四国は
讃州那珂郡
象頭山金毘羅大権現
一度廻って金ぴら船々
　シュラシュッシュシュ

行き交う人々が笑った。

と、いきなり、その尻を、ぴしゃっとたたかれて、

「なにをしやがるんでえ――」

と、ふりかえったとたん、

「いけねえ――」

と、伊太吉は、亀の子のように、首をすくめた。

お欣が、美しい顔に、緊張の色をみせて、にらんでいたのである。

「不人情者！」

「お欣ちゃん、今日のところは、見のがしてくんねえな。きらら旦那は、ちょいと、急ぎの御用があってな」

「きかないよ！　たのまないよ！」

お欣は、思いきり、伊太吉の胸をつきとばしておいて、急ぎ足に、主水を追った。

「もし――」

呼びかけられて、何気なく、視線をかえした主水は、見知らぬ娘の、ぱっと花が咲いたような仇な美しさに、惹かれて、立ちどまった。

「なにか――？」

さすがに、お欣は、呼びかけたものの、とっさに、きり出す言葉が見つからず、澄んだ大きな眸で、まじまじと、主水を見つめていた。

「わたしにご用か？」

かさねて促されて、お欣は、あわてて、

「あたし、お欣と申します」

と、云って、おじぎをした。

「一ノ鳥居のそばにある質屋伊勢屋のむすめでございます。おねがいがございます」

「わたしを用心棒にやといたいとでもいうのかな」

「いえ、あたしのおむこさんになって頂きとう存じます」

お欣は、怯じずに、そう云ったのである。

主水は、笑って、

「伊勢屋といえば、江戸で屈指の質屋であろうから、そこへ婿入りするのは、宝の山へ入るようなものだな」

「あら、先生は、あたしの家をご存じですの」

「いや、知らんな」

主水は、けろりとしてこたえた。

「いじわる！」

「そなたほどの小町娘を持つ質屋なら、よほどの老舗であろうと想像したまでだ。御厚意かたじけないが、痩浪人には、そんな大店を維持する商才は、さらにない。算盤上手な、目はしのきいた、口もうまい男をさがすことだな」

云いすてて、主水は、歩き出した。

「先生――あたし、先生が好きなんです。死ぬほど――」

お欣は、小走りに、主水の前へまわって、食い入るように、眸子を据えた。

「あいにくだが……わたしには、想う娘がいる。その娘を、これから、某処からかっさらって来て、今夜にも祝言をあげようという趣向でな」

「できた！」

伊太吉が、うしろから、叫んだ。

「うそばかり――。先生の女房になるのは、あたしよりほかにありません」

「伊太吉、どうだ。こんな美人に、こういう殺し文句を云われて、ふらふらとならぬ奴は居るまい」

「身ひとつを置きどころなき胸のうち、一重の心八重に解き、でげすか」

主水と伊太吉は、もう、おきゃんな町娘にかまわず、どんどん足をはやめて行った。

「先生のばか！」

お欣は、まるで相手にされぬくやしさで、あたりはばからぬ大声をあげた。

やがて、富吉町をぬけて、大川のほとりへ出た時、主水は、横へならんだ伊太吉に、

「さい先がいいな、伊太吉。今日は、女にもてる日だ。たぶん、由香さんからもすがりつかれるだろうぜ」

「へへ、筋立が、ちゃあんと、こうなっているんでさあ」

ぴしゃっと額をたたいた伊太吉は、この時、ふいと思い出して、

「ところで、旦那は、笛ふき天狗って、盗っ人をご存じでござんすかい？」

「知っている。どうした？」

「あっしは、一橋屋敷から追いかけられて、そいつに救われやした。お嬢さんを救い出すのに、力を貸せといったら、返事をしやがらねえんでさ、――なんだか、そのうちに、旦那と同じ舞台で踊ることになるかも知れねえ、なんて、妙なことを云って居りやしたぜ」

それにこたえず、あかるい河岸をひろいながら、主水は、

――笛ふき天狗が、松平大和守だったとは！

と、今更に感慨をあらたにしていることだった。

その時刻――。

一橋治済は、黒書院で、血祭殿を引見していた。

「血祭、お前も、下世話にいうヤキがまわった――それではないのか？」

「どうつかまつりまして――」

血祭殿は、治済から叱られるであろうことを、覚悟してやって来た落着きをしめしていた。口もとに微笑さえふくんでいる。

「では、なぜ、むざむざと、甲姫を奪い去られた？」

「それがしの意図おわかりになりませぬか？」

血祭殿は、平然としている。

もとより甲姫が行方不明になったと知るや、血祭殿は、さすがに、愕然となって、目に見えぬ敵の、水際立った挑戦ぶりに、肌寒ささえおぼえたものだった。

が――いまは、甲姫のかくれ場所も知れている。誘拐犯人も、きらら主水とわかった。戸辺森左内の報告による。

「甲姫をわざと奪わせて、敵の正体をつきとめんとしたと申すのか？」

「御意――」

「甲姫は、どこに居る?」

「白河楽翁公の隠宅でございます」

「なに!」

治済は、顔色を変えた。

すでに幕閣から身をしりぞけて、いっさいの公の座に姿をみせぬとはいえ、一代の賢宰相には、いまだ、底知れぬ力がひそんでいるとは、万人の考えるところである。

松平定信は、その出処進退において、もっとも注意ぶかい人であった。幕府の権力を一手ににぎった当座から、すでに退職の時節を考慮していたほど、その態度は、慎重をきわめていた。

青天白日の下に、つねに雨具の用意があった。得意の日に、失意の日を忘れなかった。それだけの遠慮があったからこそ、あれだけの大きな寛政の改革をなしとげ得たのである。

したがって——。

松平定信の辞職は、一片の落度によるものではなかった。

古今東西、失政によらず、何人の非難もうけぬうちに、みずから進んで、絶対的な権勢の座からしりぞいた政治家は、暁天の星ほどもない。

定信は、その一人であった。

もし、いま、定信が、再び決然として立ちあがる気配をしめせば、閣老のうちにも、諸侯中からも、欣然として、それに協力する者は、数多いはずである。

まさに、一橋治済にとって、おそるる者があるとすれば、それは君子人白河楽翁だったのである。

「血祭――、楽翁を敵にまわして、ど、どうするのじゃ?」

治済は、さすがに、声が上ずった。

「やむを得ますまい」

「やむを得ぬでは、す、すまぬぞ」

「なんの――すでに、骸骨を乞うて久しいお方でございます。いまさら、どう動きめされても、たかが知れて居りましょう」

「そ、そうではないぞ、楽翁は、おそろしいぞ」

治済は、定信が執政の頃、直接、間接、こちらの野望をおさえつけられたにがい経験をもっている。定信は、将軍の生父であろうとも、決して、政道の大義の前には、容赦しなかった。

「御懸念にはおよびませぬ」

　血祭殿は、きっぱりと云った。

「それがし、考えまするに、楽翁公は、みずからすすんで、お動きにはなりますまい。かならず、蔭へまわって、何者かに、智恵を貸され、指示される模様と読んで居ります。その手足となる人物を、こちらが、暗々裡に、あの世へ送ることに相成るのでございます。そのために、それがしが居りまするし、組の中へ、腕ききをくわえて居ります」

「わしに一時の安堵を与えるよりも、早々に、やれい！　敵の正体に、見当もついて居らぬのはなさけないぞ」

　治済は、この屋敷にも、すでに、曲者が忍び込んだことを思って、不快そうに、眉をしかめた。

「網はしぼって居りまする。もう、おっつけ、正体をあらわしましょう」

　表面では、平然たる様子を装いながら、血祭殿も、内心、決して落着いてはいられなかった。

長あごの男を追った輩下が、またたく間に、十七名も斬り仆されている。颯爽たる白装孤影は、その時、君子の剣を教えてやろうとうそぶきつつ、信心銘を朗々と誦しつつ、神技をふるった、という。

ただものではないのである。

「ところで……御老公様、もう半刻もいたしましたならば、三位烏丸卿が、ご来駕になると、玄関で、うけたまわりましたが――」

血祭殿は、不吉な予感をふりはらうために、話題を転じた。

「うむ。まいる約束じゃ」

「夕姫君には、すでに、身がわりの覚悟ができて居りましょうや？」

「そのことだがの――」

治済は首をひねった。

夕姫こと由香には、いまだ、甲姫の替玉にすることを知らせていない。

「血祭、あれは、いささか聡明すぎるぞ。これは、かえって、面白うない。甲姫の身がわりになることを、承知させるには、よほど巧みな云いくるめをいたさなければなるまい」

「それがしに、ひとつ策がございます」

血祭殿は、目を据えて云った。

「申してみい」

「御老公様が、夕姫君を、女になさることでございます」

ずばりと云われて、さすがの治済も、うっと息をのんだ。

「いかがでございましょう。すべて、女と申すものは、操を奪われて、はじめて、これがおのが宿運と、思いさだめるものではございますまいか」

「血祭、貴様、相当の悪党だの」

「それがしは、これまで、いかなる女も、まず、最初にわがものにしてから、輩下に加えて参りました。そうなると、これ程、わが意のままになる飼い犬は、ほかにございませぬ」

そう説きつつも、血祭殿の脳裡を、ちらと横切ったのは、辰巳名妓小えんのおもかげであった。小えんだけは、ついに、わがものにできなかったのである。

——いずれ、近いうちに、必ずねじ伏せてみせる。

心でうそぶいた血祭殿は、鋭く光る視線を、まっすぐに、将軍家生父へあてて、

「早い方がよろしいかと存じます。烏丸卿がご到着以前に――」

「たやすくはいかぬ」

「御老公様のお言葉ともおぼえませぬ。たかが小娘いっぴき料理なさるのではございませぬか」

けしかけて来る血祭殿の態度に、治済はわれにもあらず、たじたじとなって、

「としよりをあおるな」

と、まどわしげに、ぱちぱちとまばたきした。

血祭殿は、冷然として、

「では、首尾よくおやり下されますよう――」

と云いのこして、するするとひきさがっていった。

目に見えぬ敵の正体を、早くあばいて、討ってとれ、と治済からせめたてられるのを、いかに躲すか、と思案しつつ、やって来た血祭殿であったが、まことにあざやかな躲しぶりであった。

好色な老爺は、しばらく、ためらっていたが、思いきめた様子で、侍女を呼んだ。

「夕姫は、いかがいたして居る?」

「お部屋にとじこもっていらせられまする」

「ふむ――」

治済は、わざと気むつかしく、口の両わきへ、ふかい皺をきざんだ。

「こちらへ、おつれいたすのでございましょうか？」

「いや――」

治済は、立ちあがった。

「わしが行こう。……そうじゃ、そちは、あとから、夕姫の茶碗に、眠り薬を混じて、はこんでまいれ」

由香は、薄ぐらい部屋に、ひっそりと坐って、膝に置いたわが手へ、目を落していた。

――どうなるのであろう？

このまま、待っていれば――笛ふき天狗が告げたのがまこととすれば――じぶんは、甲姫となって伏見宮守仁親王と婚儀をあげることになる。そして、現天皇は御退位になり、守仁親王が御即位になり、したがって、じぶんは、皇后となる。

途方もないできごとである。

ありうることとは、とうてい考えられなかった。

しかし、なりゆきにまかしていれば、ほんとうに、そういう事態がおこりそうな――不安は、由香の心のうちで、かなり現実味をおびたものになっていた。

――その時は、死ねばよい。死ぬ方法だけ考えておけばよい。

そっと、じぶんに云いきかせた時――。

とん、とん……とん……とん

と小さな合図の音がひびいて来た。

「あ――」

由香は、はっと、目ざめたように、天井を仰いだ。

あの夜、笛ふき天狗は、去りぎわに、

「もし、あなたが、陰謀者の手にとらわれた節、危険が迫れば、この笛ふき天狗が、参上するとお心得下さい。合図は、二つ叩きの音とおぼえておいて頂きましょう」

と、云いのこしたのである。

その時は、ぼんやりとききし流しておいたのであったが……。

――ほんとうだった！

その人が、きらら主水であってくれたら、という思いを、ちらと心に湧かせっつ、由香は、

「きこえます」

と、合図にこたえた。

遠いが、はっきりした声音が、天井から降って来た。

「いま、ここへ、一橋卿が、来ます」

「はい」

「たぶん、小ずるく、なぐさめ顔をするはずです。が、油断はならぬ」

「わかりました」

「もし、女中が茶をはこんで来たら、一橋卿のと、ご自身のをすばやく、すりかえることです」

「はい」

「それから、もうひとつ——。三位烏丸卿が間もなく、この屋敷へ訪れます」

「はい」

「あなたは、烏丸卿に会ったら、ただ人形のように、おとなしく、かれらの意のままに

あやつられるもののごとく、みせかけていただきたい」

笛ふき天狗の、その言葉の消えるか消えぬうちに、廊下に足音がひびいた。

由香は、はっと、緊張した。

障子をさらりと開いた将軍家生父は好々爺然たる相好のくずしかたをして、

「もう、そろそろ、姫ぐらしに馴れたかの」

と、云いかけた。

由香は、先日、この老爺から、あしざまに罵られて、足蹴にされている。

治済は、由香がわざとつかまったと見破って、その蔭で糸をひく者の名を白状させよう、と責めたてたのであった。もとより、由香は、歯をくいしばって、沈黙をまもったものだった。

今日は、別人のように、童顔をほころばせて入って来た治済を眺めて、由香は、腹が立つよりも、滑稽におもえて、うつ向いた。

「顔の色が冴えぬようじゃ、もっと自由に、気ままにふるまうがよいぞ」

やさしくすすめて、座についた治済は、目だけは鋭く、じろっと光らせた。

やがて——。

侍女が、しずしずと、お茶を目八分にささげて、すすんで来た。

治済の前へは黒茶碗を――。

由香の前には赤茶碗を――。

どうしよう?

由香は、どきっとなった。

同じ焼きとかたちの茶碗ならば、すりかえる冒険をおかして、その効果があがるであろう。

盲目でないかぎり、黒と赤は、すぐさま、わかってしまう。

――どうして、このことを考慮に入れなかったのであろう。

由香は、笛ふき天狗の迂闊と思った。

だが――。

つぎの瞬間、由香は、

――あ!　そうなのだ!

と当惑をふりすてた。

――あいてに、さとられても、かまわないのだ!

笛ふき天狗は、敢えて、治済をかっとならせろ、と言外に教えたのである。

由香は、急に、顔をあげて、治済の背後へ、眸子を送って、叫び声こそたてなかったが、異様なものを見出したような様子をしめした。

「なんじゃ?」

ぎくっとなって、治済が、ふりかえったせつな——。

由香の右手がのびて、非常なすばやさで、黒茶碗と赤茶碗を、置きかえてしまった。

「なんにも居らぬではないか!」

治済は、不快げに、由香をひと睨みしておいて、赤茶碗をとりあげた。

由香は、かたずをのんだ。

ふと——。

治済は、自分の手にしたのが、赤茶碗であるのに、気がついた。

由香は、目を伏せた。

治済は、その清楚なすがたを、世にも憎体なものに見た。

全身に、憤怒が満ち、赤茶碗をつかんだ手が、ぷるぷると、ふるえた。

お、おのれっ!

あわや、その憤怒を爆発させんとして、治済は、一瞬ぎくっとなった。

茶碗をすりかえたのは、由香ではなく、目に見えぬ何者かが、そうしたごとき——おそろしい戦慄が、意識のうちを走ったのである。

——ばかな！　この小娘のしわざに、相違ないではないか！

治済は、いきなり、眠り薬を混じた茶を、ぱっと、山香の顔へ、ぶっかけた。

しかし、由香は、身じろぎもしなかった。

「き、きさま！　も、もう、容赦せぬぞ！」

自身のことは、たなにあげて、治済は、むく犬のような恰好で、由香に、とびかかって、ねじ伏せようとした。

とたんに、由香の繊手が、振袖をひるがえして、老爺の猿臂を打っていた。

由香は、竹内流の小具足の胸打ちを習練していた。

「ううっ！」

手刀にしびれた片腕をかかえて、治済は、ぶざまに、のめって、呻いた。

由香は、すくっと立って、三歩あまり、しりぞいた。

ようやく、首をたてた老爺は、憤怒と屈辱で、ぜいぜいと肩を喘がせつつ、

「く、くそっ！　成敗してくれる！」

と、喚きつつ、脇差を、ぎらっと、抜きはなった。

由香は、さらに、二歩しりぞいて、床柱を背にした。

立ちあがって治済は、刀の使いかたを知らぬ隙だらけな構えで、しかし、形相凄じく、じりじりと、つめ寄った。

——なんというあさましいお人であろう！

これが、将軍家の御父君なのか！

由香は、なさけなかった。

「か、かくごせい！」

治済は、白刃をふりかぶった。

「お止しなさいませ！　みにくいことでございます！」

「こ、こざしげな、その面を、き、きりきざんでくれる！」

びゅっと、一閃した瞬間、もうそこには由香はなく、治済は、ざくっと床柱へ切りこんでしまった。

そのおり、廊下に近づいた侍臣が、

「烏丸様、ご到着にございます」

と、告げた。

正体ここに

きらら主水と伊太吉が、櫓音忍びやかに、猪牙で大川をくだって一橋邸の裏手にあたる、波に洗われている、石垣へ寄ったのは、ちょうど、この時刻であった。

「旦那、あれが手ごろでござんすぜ」

伊太吉は、高塀からさしのべられた松の太枝を指さした。

「うむ――」

主水は、細引をとり出すと、さきに木ぎれをくくりつけて、ぴゅっと、投げあげた。

くるくるっと巻きついたやつをぎゅっとひきしぼって、

「よし！」

主水は、石垣へ足をかけて、ふりかえり、

「お前は、ここで待って居れ。夜釣り待ちの顔をしていてな」

「あんまり、ぞっとしねえ役割でござんすね。しかたがねえ。ようがす。まつ身のおそきに夜明けのはやさ、ってえやつだ。ほっと息つくあけの鐘――それまでに、首尾よく、ねげえやす」

主水は、身がるく、するすると石垣から、海鼠塀へ、そして音もなく、邸内へ、身を消して行った。

伊太吉は、艫へ腰をおろして、煙管をぬき出して、一服吸いつけた。豆しぼりで頬かむりして、しりきり半纏をまとっているいでたちは、いかにも、潮の上るのを待って、夜釣りに漕ぎ出そうという風情である。

所在なさにむこう岸へ視線を送って通りすぎている若い女を眺め乍ら、

――へっ！　あいつ、娘の恰好をしやがって、あの腰つきは、本卦がえりの物持ち爺にきたえられたってえところだ。

などと、胸のうちで毒づいているうち、

――おや、

――と、口をこらした。

——どこかで見た野郎だが……。

袖をだらりと垂らして、ゆっくりと、河岸をひろって行く浪人者の、陰惨な横顔に、おぼえがあった。

——はてな？

しきりに、小首をかしげていた伊太吉は、

——あっ！　そうだ。

思い出した。きらら主水の家をおとずれた時、すれちがいに出て来た浪人者であった。

——なんだろ、あいつは？

のびあがって、見送っていると、黒柳新兵衛の方も、偶然、こちらを見た。

伊太吉は、首をちぢめた。

新兵衛はべつに気づいた風もなく、遠ざかって行った。

——きらら旦那、うまくやってくんなさるかね？

こういう時、神か仏を信心していねえと、どうも不便でしようがねえ。

三位烏丸卿は、白書院の上座に就いて、しきりに、落着かぬ様子で、扇子を、ぱちりぱちりと音たてていた。

もう五十を越えて、思慮もそなわった人物とみえたが、時おりの目のくばりかたに、かなり陰険な色がちらついた。

「お待たせいたした」

治済が入って来るや、烏丸卿は、いそいで、膝の前へ、扇子を置いて、居ずまいをただした。

治済の方は、もう、昂奮をおさめて、好々爺然たる容子をとりもどしていた。

「その後、御壮健で何よりに存ずる」

「御老父様にも、おつつがなくあらせられて、この上の重畳はござらぬ」

挨拶をかえしつつも、烏丸卿はまた、きょろきょろ、とあたりを見まわした。

「いかがされたな？」

治済は、不審げに問われて、烏丸卿は、あわてて、

「い、いや、なんでもござらぬが――」

「怪しい気配でもいたしたか？」

治済は、そのことについては、極度に神経過敏になっていた。

「べつに、そういうわけではござらぬが――」

じつは、烏丸卿はこの白書院に入ったとたんに、妙なからかい声をきいたのである。

「からすまる……からすまる……からすに、阿呆とわらわれまいぞ……」

ぎょっとして、ぐるっと見わたしたが、さらに、なんの気配もなかった。

――気のせいであったか？

首をひねっていると、また、

「からすまる……からすに、阿呆と、わらわれまいぞ……」

はっきりと、その声が、どこからともなく、ひびいて来たのであった。

思わず、腰を浮かして、いからせた目を、丹念に、すみずみに送ったものだった。

それっきり、その声は、絶えてしまった。

それから、かなり長い間、ひとりで、待っていたのだが、しだいに、

――やはり、気のせいであったようだ。

と、自身に、つよく云いきかせていたのである。

「かくされずともよい。怪しい気配があったのなら、ただちに手くばりいたさねばならぬ」

治済は、きびしい口調で、臆病そうな公卿に、云った。

「いや、その……ただ、どこやらで、おかしな笑い声をきいたものでござるゆえ——」

烏丸卿が告げると治済は、すぐさま、手を叩いた。

小姓が、入って来ると、

「血祭に、邸内すみずみを、厳重に警戒いたせ、とつたえよ」

と、命じた。

「これで、安心されてよい。ちょうど、わしがつかっている男で、こういう場合、役に立つのが居合わせている。曲者は、すぐにとらえて、処分いたす。……では、禁裏の動静をおうかがいしようかな」

いかにも、おちつきはらって、治済は、うながした。

「されば——」

烏丸卿は、声をひそめて、語った。

伏見宮守仁親王と前将軍家の娘甲姫との縁組に、反対する者は、一人もいないこと。

そして、現天皇を退位せしめることには、摂家中、九条、二条、一条の三家は、すでに承知していること。近衛、鷹司両家からは、いまだ返辞がないが、あえて、まっ向から反対はないであろう見通しであること。

「ふむ——」

治済は、にんまりとした。

「万事好都合にはこんだ模様と存ずる」

「まず、目下のところは——」

「であきらかに、この企てに反抗しようとする公卿は、誰と誰であろうかな?」

「……」

烏丸卿は、ちょっとためらった。

「ご懸念にはおよばぬ。御尊公の口から出たとは、決してつたわるようなことはない。……反抗派は、これを消さねばならぬ。消しかたにも、種々ある。殺したとわかるような不手際なまねを、この一橋がすると思われるか。ははは、心配無用じゃ。人間というやつは、往々、不測の事故で、いのちを落すものじゃ。往来をあるいて居っても、犬に嚙みつかれて、あえなくなる悲運な仁もあろうわい」

つられて、烏丸卿は、三人あまりの堂上人を挙げた。

「よし! あいわかった!」

治済は、その三人の名を、胸にたたみこんで、大きくうなずいた。

この時、烏丸卿は、また、不安な面持になって、きょろきょろと見わたした。

「からすまる……からすに、阿呆とわらわれまいぞ……」

そのあざけりが、またもや、耳にひびいて来たような気がした。

「なんじゃ?」

治済は、ぎくっとなって、視線をまわした。

それから、いまいましげに舌うちして、

――公卿と申すやつは、なんと、小心な奴か!

と、心中で、ののしった。

そのくせ、治済自身も、なにやら妙な不安が、背すじのあたりを匍うのをおぼえずには、いられなかった。

これをふりはらって、

「では、甲姫に会って頂こう」

と、云った。

烏丸卿は、すると、にわかに、そわそわして、

「甲姫君にお会いする前に、甚だ失礼ながら、おうかがいいたしておきたい儀がござるが——」

「なんであろうかな?」

「これは、九条殿よりのお言葉でござるが……風聞によれば、甲姫君は、ご幼少のみぎり、脳をわずらわれたとか……」

烏丸卿は、白痴の甲姫の身がわりに、その双生児たる娘をたてることまでは、明かされていなかったのである。

「いや、その儀ならば、安堵して頂こう。甲姫は、なみの娘よりもはるかに聡明であることは、このわしが保証いたす。むしろ甲姫は、伏見宮の若宮が、女性のような気弱い性質ときいて、気がすすまぬそぶりさえみせて居る」

「さようでありましたか。それをうかがって、心がかりが霽れ申した。では、お会いつかまつろう」

侍女が呼ばれ、甲姫をともなうように命じられた。

入れかわって、小姓三人が、山のかたちに小判の包みを盛りあげた三方をささげて、入って来て、烏丸卿の前に置いた。

三千両はあろう。

烏丸卿は、かくそうとしてもかくしきれぬ昂奮を、そのうらなり面にのぼせた。

治済は、いかにも莫迦正直なそぶりに、皮肉な一瞥をおくって、

「近衛、鷹司両家よりの確答を得るための、軍資金と心得られたい」

と、云った。

「かしこまりました」

由香が、侍女にみちびかれて、しずかに入って来るや、烏丸卿は、思わず、目を見はって、

「これは、お美しい！」

と、感歎の声をもらした。

座に就いて、挨拶をかわしたのち、視線が合うと、烏丸卿は、治済の云ったのがまちがいないのをさとった。

この娘の双眸の、冴々と澄んだ美しさは、まさしく聡明そのものと見受けられた。

――守仁親王には、もったいなさすぎる。烏丸卿は、心中で、呟かずにはいられなかった。

守仁親王は、二十五歳になりながら、十二三歳の頭脳しか持合わせていなかったのである。

「姫君には、なにをたしなまれますな」

烏丸卿が、訊くと、由香は、ためらいもせず、

「横笛を、すこしばかり」

と、こたえた。

「ぜひ、おきかせ願えまいか」

由香は、侍女に、横笛のほかに、屏風をはこんでくれるようにたのんだ。

やがて――。

次の間との仕切襖の前へさがった由香の前へ、六曲の屏風がたてられた。

由香は、膝へ、横笛を置いたまま、微動もしなかった。

もし、烏丸卿から、何かたしなみごとを所望されたら、横笛を、とこたえて、こういう舞台づくりをするように――と、由香は、天井の声から教えられていたのである。

由香は、横笛など、生まれていまだ手にしたこともなかった。

さすがに、由香の不安は大きかった。

——もし、天狗どのが吹いて下さらなかったなら？

その時は、どうやって、この場をきりぬければいいのか——由香は、まったく見当がつかなかった。

と——。

微かな、細い、するどい妙音が起った。

由香の白いおもてに、さっと、くれないがさした。

——ああ！　やっぱり吹いて下さった！

背後の襖の蔭から、その笛の音は、つたわって来た。

序、破、急の調べゆたかなひびきは、書院に満ち満ちて、耳をかたむける人々を、恍惚とした夢幻の境にさそい入れていった。

由香自身、じぶんが置かれている異常な立場も忘れて、心の底からゆりうごかされるような、ふかい感動を与えられた。

人々が、はっと、われにかえったのは、笛の音が止まったからではなかった。

突如、庭園の彼方にあって、烈しい気合が発したからである。

さては！

治済と烏丸卿は、顔見合わせた。

笛の音は、止まった。

由香は、息をのんだ。

次の間で、歌口からくちびるをはなした笛ふき天狗は、眉宇をひそめて、ゆっくりと立ちあがった。

庭園の一角にあっては――。

数名の護衛士に殺到されて、きらら主水が、うっそりと、松の幹を背にして立っていた。

運がなかったというよりほかはなかった。

日常通りの警衛ぶりなら、発見されずに、屋内へ忍び入ることはできたろう。

偶然にも、治済の命令によって、たまたま来合わせた血祭殿が、水ももらさぬ緊密な警戒陣をはったまっただ中へ、主水は、足をふみ入れたのである。

――ひさしぶりに、ひとさし舞うか！

肚をきめると、主水の五体から濛として、剣気がゆらめきたった。

「やあっ！」

主水の下段にとった構えが、すこしも鋭気を含まぬのをあなどった一人が、まっ向から、斬り込んで来た。

きらっ！

ひさしぶりに、斜線を描いた主水独特のきらら剣法は、冴えたものだった。

残照が、樹々の梢で、あかく燃えている時刻で、白刃のきらめきは、鮮かであった。

「う、うっ！」

呻いて、たたらをふむ第一の攻撃者を、横に泳がせておいて、主水は、

「行くぞっ！」

と、颯爽として、叫んだ。

由香を救い出すことが、もはや不可能となった以上、主水は、むらがって来る敵を、どれだけ斬りまくれるものか——おのれの力と技を、試したくなったのである。

こうなると、孤独に生い育った者の虚無の血は、一滴のこらず、冷酷な剣気のために動員される。

猛然と、主水の五体は、疾風を起した。

「おおっ！」

「あっ！」

「く、くそっ！」

短い、けだものじみた呶号と絶鳴が、そこに、ここに、虚空をつんざいた。

護衛士たちも、いずれ、えりすぐられた剣の使い手ぞろいであったが、主水の迅業は、はるかに、彼らの想像を超えたものであった。

目にとまらぬ翻転が、その修羅場を、築山から泉水のほとりへ、泉水のほとりから芝生へ、芝生から苑路へ——と移してゆく。

そのあとに、あけにそまった闘士のむくろが、つぎつぎと横たわっていった。

絶鳴は、絶鳴を呼び——。

血汐は、血汐を誘い——。

そして、仆れてゆく朋輩の数が増すごとに、攻撃者たちは、血の色と匂いに酔い狂って、目をむき歯をむき、主水に、躍りかかった。

そして、それは、かえって、主水の剣さばきに、充分のゆとりを生ませる結果をまねいていた。

ぴたっ、と下段構えに静止したと思うや、一颯、きらっ、と斜陽をはねて、鮮血を宙にまいておいて、次の瞬間には、もう、二間のむこうに、黒衣痩軀は、奔っていた。

「たった一人だぞっ！」

「おちつけっ！」

「陣形を忘れたかっ！」

加勢にかけつけて来た群から、激励と警告が発しられたが、そう叫んだ人々も、白刃の林の中にまきこまれるや、いつの間にか、血に狂う猛獣と化していた。

一瞬——。

主水は、ぱっと身をひるがえすや、鹿のような敏捷さで、苑路を走りぬけて、広縁上へ、ひとっ跳びに、立った。

そこにかたまっていた侍女や小姓が、一斉に、悲鳴をあげて、なだれうって逃げまどうた。

一気に、長い広縁をつききろうとした主水は、かなたから、

「きらら主水！　待てっ！」

と、底力のこもった声かけられて、ふりかえった。

大兵の武士が、片手に、短銃をつかんで、大股に迫って来る。

主水の脳裡を、直感がかすめた。

「おぬしが、血祭殿だなっ」

「左様――。孤身よくぞ乗込んで参った。葬いは、鄭重にしてやるぞ！」

「なんの――。ひとつしかない生命だ。滅多にすてられぬ。まだ、惚れた女の手もにぎっては居らぬのだ」

不敵に、主水は、にこと口もとをほころばせてみせた。

次のせつな。血祭殿の短銃が狙いつけられるのと、主水が、その身を、障子へ突進させるのが、同時だった。

銃声がとどろいた時、主水は障子をつきやぶって、玄関へ立っていた。

攻撃者の群は、広縁へ、どっとかけあがっていた。

「由香さん！　由香さんはいないか！」

主水は、愛する女性の名を呼ぶや、はじめて、血が、かっと熱くなるのをおぼえていた。

この凄じい修羅場のただ中に立って、主水は、いまこそ、自分が、いかに、ふかく、由香を愛しているか、ということをさとったのである。

「由香さん！　どこだ？　主水が来たぞ！」

その絶叫は、遠く、書院に坐っている由香の耳にとどいた。

「ああ！」

由香は、夢中で、膝を立てようとして、

「ならぬ！」

と、叱咤された。

前後左右を、六名の士から、手槍をつきつけられていたのである。

治済と烏丸卿は、奥の間へ去っていた。

――主水さまがいらした！

由香は、全身がしびれるような昂奮にとらわれた。

――わたくしを救うためにいらしたのだ！

胸のうちで、高く叫んだ由香は、このまま、主水とあい抱いて、果ててもいいような気がした。

由香もまた、この時、主水なくしては、この世に生きる甲斐がないことを、はっきりとさとったのである。

大名屋敷というものは――殊に、将軍家生父の邸第とあっては、今日の常識では、ちょっとはかりがたい程広いものである。

主水は、それから、どれぐらいの部屋を、かけめぐったろう。

襖や衝立の蔭には、かならず、槍か白刃をかまえた敵が、身をひそめて、だっと襲いかかっていた。

主水は、それらを、ほとんど一颯で、仆していた。

しかし、いつか、おのれも、肩や腕や腿に、傷を負うていた。

全身に返り血をあびたすがたは、凄愴をきわめ、この世に幽鬼があるものなら、それであったろう。

ついに――。

「だめだ！」

絶望が来た。

いかに、主水が、魔神にひとしい迅業をそなえているとはいえ、生身である。疲労はすでに、四肢にしみわたっている。

この宏壮な邸内を右に奔り、左に駆けているうちに、いつかは、不覚の重傷を受けぬともかぎらぬ。

由香にめぐり会うまでは、断じて、斃れるわけにいかなかった。

いつか、主水の方も、由香と同じく、

――由香さんをこの腕に抱きしめたなら、死んでもかまわぬ！

と、考えていた。

「えい！」

また一人、床の壁へ、ぴったり吸いついていた敵が、手槍を、突き出して来た。

けらくびを、すぱっと断った白閃を、きらっと刎ねかえして、のびきった胴をひと薙ぎした主水は、ふと、片隅にまたたいている、有明行灯に目をとめた。

「よし」

走り寄って、これを、障子めがけて、蹴とばした。

散りまかれた油が、炎を吸って、めらめらと紅蓮の舌をはいのぼらせ、たちまちに、障子の紙へ燃えうつった。

主水は、廊下へとび出すと、音をたてて火を噴く障子をひっぱずすと、まっしぐらにつッ走った。

ぱあっ、ぱあっと、とび散る火粉がつぎつぎに、各部屋の障子へはねかかって、あらたな火焔を生んだ。

「火事だっ！」

「とめろっ！」

愕然たる家臣たちの喚きが、こだまを呼んで、たちまち、彼処此処にかくれていた人々が、狂気のような騒ぎを噴騰させた。

そして、奔って来る血まみれの浪人者をみとめて、悲鳴をあげて、行手をあけた。

「由香さん！　由香さんはどこだっ！」

主水は、絶叫しつづけた。

一方、由香の方は――。

「火事だ！」

という叫びに、とりかこんでいた六名の士が動揺をしめして、半数が様子を見に、廊下へ出て行ったすきをうかがって、由香は、身を起しざま、一人をつきとばして、床の間へ走った。

「しゃっ！　くそっ！」

三名が、血相かえて、つめ寄るや、むきなおった由香の双手には、そこの刀架から抜きとった黄金造りの飾太刀が光っていた。

「姫っ！　むだな反抗は、止されぬか！」

士たちは、当惑していた。

姫を傷つけてはならぬ、と治済から厳しく命じられていたのである。

しかし、刃物を与えたからには、無傷のままで、とりおさえることは、困難と思えた。というのも、由香の構えはかなりの習練を積んだ鋭さを放っていたからである。のみならず、必死の覚悟を、その白い貌にあふらせている。

「やむを得ぬぞ、少々の傷は――」

一人が、叫んで由香を、かっと睨みつけつつ、じりじりとつめ寄った。

由香は、すこしずつ、左へまわりながら、脇床の花頭窓を破って庭へのがれることを考えていた。

はやくも、それと察して、一人がツッ……と、すべって脇床をふさごうとした。

「えいっ！」

高く澄んだ掛声もろとも、由香は、くれないの裳裾を散らせて、その敵へ、刃風を送った。

だが、なにさま、すでに実用とは遠くなった、深い反りをうたせた三尺七八寸はあろう古刀なので、二十歳の娘の繊手には、重すぎて、あつかい難かった。

敵は、くるっと穂先をかわすや、飾太刀の峰をぱんと打った。

由香は、十指がしびれて、おもわず、柄を放しかけた。

取りおとしてはならじと、神経がそれに集められたために、姿勢が崩れて、隙が生じた。

それをのがさずに、別の一人が大きくふみ込んで、

「やっ！」

と、くり出し、由香の裳裾を床壁へ、ぐさと縫いつけた。

さらにもう一人が、してやったりとばかり、まっこうから穂先を、由香の胸もとへさっと擬した。

反射的に、その穂先を払おうとした由香は、裳裾がひっぱられて膝の上まであらわに

なったのに気づき、処女の本能から、瞬間、からだをこわばらせた。

三名の士の面上に、みだらな残忍な笑いが刷かれた。

「姫！　恥をかかれぬさきに、おとなしくされることだ！」

胸へ穂先を擬した一人が、勝ち誇って、きめつけた。

由香は、飾太刀を下段にとりつつ、わなわなと、全身をふるわせた。

いかりとはずかしさで、血が逆流するようであった。

すると、このおり――。

脇床の花頭窓の障子が、ことんと外からはずされた。

ひょいと、のぞいたのは、ぬすっと被りの首だった。

手拭いのかげの切長な双眼が、微笑をふくんでいた。

「娘を手捕えるのに、そいつは、下前の手でござんすぜ、旦那がた」

鉄火な、歯切れのいい口調で、からかったものである。

「うぬがっ！　何奴？」

「笛ふき天狗と申しましてね、こういう修羅場には、かならず登場する役割をもっている男だとおぼえておいて頂きましょうか」

ぬっと、花頭窓から入るや、対手がたの殺気を、まるで意にとめぬ悠々たる態度で、

「お嬢さん、どうやら、雲行きがかわって、身代り興行は、流れてしまいそうですな。こちらは、お嬢さんが、大芝居をうってくれることを期待していたんだが――。とんだ邪魔が入った。尤も、お嬢さんにすれば、うれしい人のお迎いだ。一緒に、逃げなさるがいい」

云いおわらぬうちに、一槍が、のどもとめがけて、ひょーっと突き入れられた。

笛ふき天狗は、かわすともみえぬかるやかな身ごなしで、その白光をさけた。

とみた一瞬、その手槍は、天狗の手に移っていた。

「おのおのがた、妻子があったら、考えなおして、引きさがるのに越したことはないぜ」

笑いながら、次に、びゅっと斬りつけて来た者の刀を、苦もなく、はらいとばして天井へ、ぐさっと突きたてさせると、

「こういうぐあいに、おれは、強いんだ」

と、うそぶいたことだった。

由香は、裳裾を縫いつけた槍をぬきすてると、

「主水さまのところへ、おつれ下さい！」

と、天狗へたのんだ。

「承知しています。……但し、主水さんも、どうやら、相当昂奮しているとみえて、少々危険なことになっているようだ」

この時、黒煙は、濛っと吹きなびいて、この書院へも流れこんで来ていた。

騒擾は、いま、絶頂に達していた。

まさしく、笛ふき天狗が心配したごとく、主水は、阿修羅と化していた。

すさまじい音響を噴いて燃え狂う部屋から、廊下へ——そしてまた部屋へ、通り魔さながらに出没しつつ、由香の名を絶叫していたが、その行手をはばむ敵を斬り仆す迅業は、もはや本能的な働きでしかなかった。

剣というものには、おのずから、事理一体のさだめがある。

それを充分にそなえた上で、心機を発して、たたかうからこそ、多勢を対手として、決して敗れぬ力を持続し得るのである。

禅にいう、万理一空——これである。

伊藤一刀斎のことばに、

「理は事よりも先だち体は剣よりも先んず、これ、術の病気なり。他に向ってその理事を求むる故なり。臨機応変の事は、思量をもって転化するに非ず、自然の理を以て、思わずとも変じ、量らずとも応ずるものなり。ゆえに、我に応ずるところの一理を敬して、思量分別を発せず、一応不乱に勝利を疑わず、よく本分の正位に認得すべし、云々」

とある。

事理一致の剣境を説いて、あますところがない。

ところが、これを忘れると——。成程、主水ほどの異常な剣の天才児ともなれば、反射的に斬りはらう迅業は、決して容易に崩されるものではない。

しかし、本能の働きは、猛獣の跳躍と同様、次第に、肉体力の消耗につれて、にぶくなって来る。利巧な猟人は、猛獣をさんざん跳躍させて、疲れはてさせておいて捕える。主水は、いつの間にか、その悲惨に追い込まれようとしていた。

血祭殿の下知がゆきわたったとみえて、主水にむかって来る者たちの包囲陣形は、一貫の脈絡をたもって、いわば、傷つける獲物を生捕る網を、しだいにちぢめてゆく方法をとっていた。

主水は、由香をもとめる心の烈しさゆえに、自らの危機に気づいていなかった。いや、気づいていないというよりも、もはや、考慮の余裕をうしなっていた。

血飛沫から血飛沫への奔駆のうちに――。

火焔のまわらぬ建物へ移った主水は、とある廊下の曲り角に立った瞬間、前後をさっと断った手槍勢の、整然たる陣形を見て、自らの迅業が限界に来た意識をもった。

右方の杉戸の蔭にも、白刃の林があると直感される。

左方の庭さきの植込みの中にも、獲物おそしと手ぐすねひいた猟人どもが、武器をかまえて、満を持している。

「くそっ！」

主水は、血ぬれた一剣を、陰の構えにとって、ひくくうめいた。

主水のその凄絶のすがたは、阿修羅というにふさわしかった。

おのれの血汐と返り血で、全身をあけにそめて、くゎっとみひらいた双眼を炬と化し、剣の切先を天に指して、大きく、がっきと脚をふみひらいた立像は、敵どもに一歩も迫らせぬ妖気をほとばしらせていた。

息づまる――文字通り、林のごとき静かな無気味な、数秒間があった。

その静寂をやぶったのは、

「きらら主水！　兵法者ならば、さいごをいさぎよくせい！」

という鋭い叱咤であった。

庭さきのつくばい石に、ぬっと立った血祭殿であった。

その右手にある短筒は、こんどこそ、主水をねらって、断じてはずれぬ威力をしめしていた。

主水は、この数秒間で、はじめて、おのれの体力が、殆どつかいはたされていることに気づいていた。

——死ぬか、ここで！

由香にめぐり会えぬ無念さが、綿のごとく疲労した五体を、一瞬、かあっとかけめぐったが……すぐに、最後と知った落着きが、この男らしく、口もとへ、冷やかな微笑をつくらせた。

「おれと一騎討ちの度胸はないのか、血祭！」

「あいにくだが、わしは、剣法よりも軍略を好む。わざわざ計って追い込んだ窮鼠に、手を嚙ませる愚はとらぬ。但し、貴様の了簡次第で、そのきらら剣法を高く買ってやる用意が、こちらにあることを忘れるな。どうだ、主水――」

「ご免蒙ろう。きらら剣法は、邪剣ではない」

「では……一発でしとめてくれよう」

血祭殿のそのうそぶきの終らぬうちに、主水のからだが、疾風を起した。

銃声がとどろいたせつな、主水は、すでに、血祭殿の目前一間の芝生上に、跳んでいた。

血祭殿は、主水のあまりの迅さに、撃った一弾が、たしかに命中したと知りつつも、ぎょっと恐怖の色をあふらせて、つくばいからうしろへとび降りた。

主水は、さらに、二歩を、たたっと進んで、びゅっと、刃風を送ったが、むなしく、宙を鳴らしたにすぎなかった。

ふりおろした刀を杖にして、身をささえた主水は、惨たる形相を、血祭殿に向けて、

「……」

何か叫びかけたが、声にならず、がくっと、膝を折って、つくばいに片手をついた。

「惜しい男だがのう――」

血祭殿は、ゆっくりと、腰の一刀を鞘走らせて、主水に寄った。

あわや、血祭殿が、主水の頭上へ、兇刃をふり下ろそうとした瞬間、

「ま、まった！　斬るなっ！」

と、叫んだ声が、余人ならぬ将軍家生父のものであったのに、人々は、愕然となって、一斉に視線をそこに集めた。仕切襖をひきあけてあらわれた治済の面貌は、生きた色ではなかった。

治済の背中には、盗っ人かぶりの男が、ぴったりと添うていたのである。

血祭殿は、唸りを発した。

「彼奴っ！」

いまはじめて見る強敵の姿に、血祭殿は、目眩むような敵意で、眼球もとび出さんばかりの憤怒相となった。

「うぬが、笛ふき天狗かっ！」

それにこたえず、笛ふき天狗は治済を小突いて、悠々と広縁まで進むと、

「きらら主水さん、傷は、どうだ？」

と、訊ねた。

小憎い落着きはらった態度は、傍若無人という形容にふさわしいものだった。

主水は、疼痛をこらえて、身を起すと、天狗へ、苦笑してみせた。

「お、おぬしに、すくわれようとは、お、おあつらえむき、すぎる……」

「なアに、これはあんたとわたしの因縁ずくだと思ってもらっていい、すくいたくて、この屋敷に忍んでいたわけじゃない。あんたの方が、わたしの筋書を邪魔したことでね。あまり、よろこんで、こんなきわどい救いの神の役割を買っているのではありませんよ。……歩けますかね？」

「歩ける」

「むこうの築山の三重塔まで歩きなさるがいい。そこにあんたには、最も恰好の生きた杖が置いてある。そこからあとは、逃げ路は考えておいでだろう」

と、指示しておいてから、周囲の動きに、鋭く口をくばって、

「おい、ご連中、こういう狂言には、それぞれ持場の約束ごとがある。立役者をひきたてるために、お前さんがたは、木か石と同様におとなしくひかえているのが、ぶん相応というものだ。この御老公の顔色が、そうしてほしい、と訴えているだろう」

白昼夢のような異常な光景のまっただ中で、この声音だけが、明るいものだった。

主水は、よろめく足をふみしめて、三四歩はこんでから、ふとふりかえると、

「……生まれて、はじめて、人から恩を蒙ったな」

と、天狗へ云いのこした。

「忘れてもらって結構だ」

あっさりと、こたえて、手拭いのかげの目が笑った。

血祭殿の眼光が、そのかくし顔の正体を見破ろうと陰惨に燃えていた。

主水のすがたが、築山の木立に消えるまで、しわぶきひとつ洩れぬ沈黙が、つづいた。

表屋敷は、すでに、完全に燃え包まれて、いくつかの轟音を断続させて、崩れ落ちつつあったが、長い渡廊を破壊する処置が早かったために、この奥屋敷へは黒煙が流れて来るにとどまっていた。

「さて――」

笛ふき天狗は、云った。

「この場合、どうおさめましょうか、一橋御老公」

皮肉な、明るい声に、治済は、ぶるぶると口も二重顎も肩も手も、ふるわせた。

生まれて、これ程の屈辱を受けたことはないのだ。

「貴、貴様は、な、なにやつだ？」

「さあ――、べつに申上げなければならぬ義務はないようです」

冷やかにこたえてから、天狗は、じろりと、血祭殿へ、鋭い一瞥をくれた。

血祭殿が、一歩、あやしい動きをしめしたのである。

「おい、血祭さん、へたにあがくなよ」

「御老公から、は、はなれろ！」

「それよりも、おぬしがにぎっている物騒なしろものを、すててもらおうか」

「すてれば、御老公から、はなれると申すかっ！」

「若い美人により添っているわけではないぜ。ただ、わたしは、なるべく危険なまねは避ける方針をとっている。お前さんがたの兇刃で、一滴の血も流したくはない。生まれつき用心ぶかい人間だし、さしあたって、お前さんがたの陰謀をたたきつぶすのは、わたしよりほかにないとうぬぼれているので、生命を大切にしている」

「御老公から、はなれろっ！」

血祭殿が、絶叫すると、短銃をうしろの植込みへ抛りすてて、刀を抜きはなった。

同時に、笛ふき天狗が、治済の老体を、とんと、つきとばしておいて、一間を跳び退った。

まず、血祭殿が、悪鬼さながらの凄じい勢いで、広縁へ、躍りあがって来た。

その輩下たちも、活きかえったように、一斉に、雄叫びして、殺到した。

「血祭っ！　そ、そやつを、と、とらえぬと、貴様も、そのままに、すておかんぞ！」

治済が、狂気と化したごとく、のど笛を裂いて、喚いた。

笛ふき天狗は、大衝立を背にして、すらりと立っていたが、幾本かの槍が、さっとくり出されるまで肉薄をゆるしておいて、かるやかに、畳を蹴った。

五体は、宙のものになり、大衝立の上に、鳥のようにとまった。

とみるや、双手をのばして、天井の張りじまいの板をつきのけて縁をつかんでいた。

しかし、この時、どうしたのか、顔をつつんでいた手拭いが、はらりと解けて、舞い落ちた。

「おおっ！」

血祭殿が、驚愕の唸りを発した。

血祭殿は、見た。

そして、わが目を疑った。

——彼奴っ！

笛ふき天狗の貌は、さきの若年寄川越城主・十五万石松平大和守のものに、まぎれもなかったではないか！

ほんの一瞬のことで、こちらが唸った時にはもう、その姿は、天井裏へ消えていた。

血祭殿は、輩下たちへ、嚙みつくように下知しつつも、

——まことか？　大和守だったか？

と、自分の目を疑いつづけていた。

——まさか？

あり得ないことに考えられた。

しかし、江戸城、帝鑑の間の俊髦として、特にこちらでは注意している人物である。

英智あふれたその貌を、血祭殿は、そっと熟視して、噂通りの傑物らしい、と合点したことをはっきりとおぼえている。

そうだっ！　まちがいないぞっ！

胸中で、高く叫んで、確信をつかんだのは、天井裏の逃走路と考えて、その方向へ走り出したとたんであった。

この前――。

芝居茶屋で、血祭殿は、笛ふき天狗から、嘲笑されて、苦い汁をのまされている。躍起になって、その姿をもとめたが、ついに、捕え得なかった。ところが、その直後、悠々と、茶屋から出て行ったのが、松平大和守だったではないか。

――大和守が、われわれの敵だったのか！

血祭殿は、走りながら、目くらむような激情で、全身が、火となるのを感じていた。

ついに、正体をあらわした笛ふき天狗は、血祭殿を、そうやって走らせておいて、じつは、とびあがった天井裏の、同じ場所に、悠々とうずくまっていたのである。

天井裏へ消えれば、当然、そこから、どこかへ逃走するものだ、ときめてしまう追手の心理のうらをかいたわけである。

よもや、誰一人、天狗がそこにとどまっていようとは、夢にも考えていないことだった。

――つらをみせたのはまずかったな。

闇の中で、天狗は、苦笑している。

それでいて、いささかも、あわててはいないのである。

見られてしまった以上は、やむを得ない。知られたら知られたように、こちらも動きかたをかえるまでである。べつに証拠を与えたわけではないのである。

失敗があったならば、それをすぐに忘れて、もう次に打つ手を考えている――機敏に頭脳が働くのが、この一風変った独身大名の持前であった。

いまは、あくまで、一介の夜盗笛ふき天狗である。松平大和守という人物に一変するのは、わが屋敷へもどってからのことである。明確に割りきった考えかたができる性格なのである。

慕情無限

ところで――。

きらら主水が、築山の三重塔へたどりつくまでに、それを追跡した士たちが、幾人かいたことは、いたのである。

木蔭から木蔭へ、身を移しつつ主水の後姿へ、蛇のような眼光を送って、肉薄して行った士たちが、

――いまぞ！

と、機を見て、さっと、襲いかかろうとしたせつな――。

主水をかばって、彼らの前に立ちふさがったのは、中間ていのなりをした、ひょろ高い男であった。

あごであった。

無言で、ぴたっと、脇差を青眼にとって、士たちを、そこにくぎづけにした。

ちら、とふりかえった主水は、

——大和守の股肱だな。

と、直感した。

そのまま、よろめく足を、一歩一歩ふみしめて、ついに、三重塔へ来た。

塔の裏にひそんでいた者が、小さな叫びをあげて、主水に、とびついた。

主水は、その華著なからだをうけとめ、そして、ひとつ、ふかい呼吸をしてから、

「由香さん——」

と、呼んだ。

「はいっ！」

歓喜は、羞恥をおしふせて、由香の双手は、ひしと、主水のからだを抱いていた。

「わたくしを、救いに来て下さいましたのですね？　そうですね？」

「ああ……無謀だったな」

と、洩らしつつ、ふうっと、意識がうすれるのを感じた。

急に、主水のからだの重みが、双手に落ちて来たので、由香は、はっとなった。

――お怪我をなされた！

「主水さまっ！　わたくしの肩へ――」

「うむ――」

主水は、極度の困憊を、かえって一種の甘美なものにおぼえつつ、片腕を、由香の肩にまわした。

ほっそりとした、しなやかな由香のからだは、意外に、強い力をしめして、主水をささえた。

あごが、追跡者たちを仆して、近づいて来ると、

「お急ぎ下さい」

と、声をかけた。

この三重塔へ、由香をともなったのも、あごであった。

由香は、この飄々たる人物に、以前、主水の屋敷まで送られたことがある。

その人柄や顔つきに、親しみをおぼえて、由香にとって、味方の一人として記憶されていた。

「逃げ路を、おつくりになっていると存じますが――」

あごが、云った。

「うむ――舟を用意してある」

こたえつつ、主水は、

――おれは、どうやら、この恩のおかげで、一生、大和守に頭が上らぬらしいな。

と、自分に咳いていた。

「では――。姫さま、おねがいつかまつります」

あごは、一礼すると、あらたな追跡に備えて、ツッ……と築山を駆け降りて行った。

主水は、由香に、重傷を気づかせまいと、疼痛を、口にかみしめて、歩き出した。

目前に、螢火のような、無数のきらめきの散る幻覚が起り、烈しい眩暈は、しばしば、五体をぐらっと崩しそうになった。

「もっとよりかかって下さいませ。大丈夫でございます。由香は、これで、強いのでございます」

由香は、つとめて明るい声音で、はげました。

「人にたすけられることは、馴れていないのでな――」

「ほかの者ではございませぬ。由香は、貴方さまのものではございませぬか！」

由香は、はっきりと云った。自然に、すらすらと出た告白だった。

口にしてから、由香は、かえって、じぶんがだいたんになったことに、大きなよろこびを感じた。

「主水さま――」

「うむ」

「由香は、うれしゅうございます」

「……」

「貴方さまのお声をきいた時、ご一緒に死ねるものなら、幸せだと思いました」

辿って行く苑路が、木下闇であったのも、由香に勇気を与えていた。

「わたしも、実は、そなたと抱きあって死ぬことを考えていた」

「まあ！」

由香は、感動で、全身の血汐がわきたつようだった。

「しかし……死ぬことはないのだ」

「はい――」

「生きるのだ！　わたしたちは、これからだ！」

「はいっ！　貴方さまから、もう、一刻も、はなれたくはございませぬ！」

ようやく、高塀に達した二人は、細引を垂らした箇処をもとめて、暗闇を手さぐって行った。

「ここだ」

主水が、それを、つかんだ。

「由香さん、そなたがさきに、のぼるのだ」

「い、いえ、貴方さまから——どうぞ、わたくしの肩へお乗りになって——」

高塀の外では——。

石垣下へつけた猪牙で、伊太吉が、辛抱づよく、待っていた。

潮はもう上って来ている。

見とがめられたら、夜釣り待ちという弁解はなりたたぬ。

のんきめかして、鼻唄をうたっているのも、伊太吉としては、必死のカムフラージュなのである。

仇な笑顔に、つい惚れこんで

つま恋う雉子のほろろにも
千尋の文を雁が音に
言づてたのむ燕のたより
うそならほんに顔鳥見てと
たがいの肌にいだきしめ
それなりそこに泊り山
　うれしい首尾じゃないかいな
「は、はっくしょいっ——こん、畜生っ！　色気がねえや」
ぶるっと胴ぶるいしてから、ひょいと、顔をあげたとたん——。
「おっ！　お帰りだ。うれしい首尾じゃないかいな」
まず、塀をのりこえて来たのが、女人であると、みとめられた。
するすると、すべり降りて来たのを、
——待って甲斐ある忍び越し——って、その腰とめる役得ってやつだ。
と、だれかにことわりながら、伊太吉は、ひょっと、受けとめた。
しっとりとした重みと、甘い匂いと、絹の手ざわりに、伊太吉は、ごくっと生唾のん

で、

――男なんでね。こういうむずむずはどうにも避けようがねえや。

と、またたれかにことわった。

「お嬢さま、主水さんはうまくやんなすったね」

「いえ、それが……お怪我をなされて――」

「えっ！　そ、そいつは、いけねえ！」

不安なまなざしを、二人があげる塀上に、主水は、なかなか姿をあらわさなかった。

「どうなさったのでしょう?」

「ま、まったく――カチカチ山の狸の気持が、よ、よくわかりまさあ。背中に火がついて、じりじりじりじりの、いてもたってもいられねえ」

伊太吉の早口が終らぬうちに、塀の内で、吶号が噴いた。

つづいて、刃音、断末魔の唸り、仆れる音。

「ああっ！」

由香は、悲鳴を抑えることが、できなかった。

「だ、旦那っ！」

伊太吉も、われを忘れて、絶叫した。

遠くから、どどっと奔って来る多勢の足音か、きこえた。

「伊太吉っ！」

主水の声が、ひびいた。

「由香さんをつれて逃げろ！　早く――」

「旦那っ！」

伊太吉は、のどいっぱいに、ありったけの声をしぼった。

「大丈夫でござんすか？」

「逃げろっ！　ぐずぐずするなっ！　お前たちが逃げなければ、こちらまでが危くなる！」

「合点！」

伊太吉は、艪にとびついた。

「お嬢さまっ！　日本中の神や仏に祈っていなさるんだ！」

由香は、みよしに坐って、両手をあわせた。

――生きていて下さいませ！　主水さま！　由香のいのちは貴方さまのおいのちと、

ひとつでございます！

生きることを、かたく誓いあった直後の、このむざんな別れだった。

猪牙は、石垣をはなれて、大川をぐんぐんのぼりはじめた。

すでに、河岸には、幾個かの黒影が、屋敷から走り出ていた。

「お嬢さまっ！　そこに、着物がござんしょう。おきかえなさいまし、もったいねえが、そのぴらぴらの衣裳は、西の海へさらりとお流しなさるんだ」

「はい」

羞恥でためらっている場合ではなかった。

由香は、しゃがんだままで大いそぎで、緞子の丸帯をくるくると解きすて、総模様の大振袖を肩からすべりおとすと同時に、そこへ用意してあった白っぽい絞の浴衣をまとった。

こうすれば、河岸からすかし見ると、夜鷹をのせたやくざの夜遊びと受けとれる。

由香は、それから、大いそぎで、髪を崩して、手拭いを、ふわりとかむった。

脱いだ衣裳は、そっと、川面へすてられた。

「へへえ……できやした。隅田の流れに、舟とめて、土手をみめぐり、酔いざまし、とくらあ」
伊太吉は、のんきそうに、大声をあげて、うたいはじめた。
ほととぎす
ねぐらさだめず、ただうかうかと
月にうかるるその風情
走り小舟の艪音につれて
小ぶりに繻子のそら解けは
これも主ゆえ、仇枕
ささ、ええ
しょんがいなあ
由香は、うつ向いて、猪牙のゆれるのに身をまかせながら、急にせきあげてくる泪を、とどめかねた。
——主水さまは、わたくしと一緒に死のうと、お考えになっていた！
大きな感動があらためて、由香の胸を、きりきりと疼かせていたのである。

主水の方は、塀ぎわから追われて、深い木立の中で、幾本かの白刃に迫られていた。

——生きる！　生きてみせる！

幽鬼にひとしい凄惨なすがたと化しつつ、その叫びが、主水に、まだ、剣をふるわせる力をふりしぼらせていた。

幾個かの龕灯がしだいに、主水めがけて、集中しつつあった。

主水は、樹から樹へ、風のように身を移して、光の圏外へのがれようとするのであったが、すでに龕灯をかざす者たちと、白刃をひらめかす者たちとの連繋は、たくみにとられていて、主水の動きにつれて、すばやく、次の位置を照らし出し、それへ、切先をそろえるのであった。

主水は、いたずらに、光を避けるだけに、時間を費すことのむだをさとった。のこった心身の力を、まっしぐらな逃走につかわねばならぬ。

一瞬——。

主水は、一方の光へむかって、奮然と、斬り込んでいった。

龕灯が、宙に高く、はねとんだ。

二人ばかりが、呻いて地べたへ伏した時、主水の血まみれの五体は、二間さきの苑路を躍っていた。

「前をふさげ！」

「左右から襲えっ！」

躍起になって、攻撃陣は、木立を駆けぬけて、主水の逃走路を断とうとした。

この時であった。

不意に、芝生を疾駆する馬蹄の音がきこえて来たのは——。

人々は、頭領の血祭殿が、指揮をとるべく駆けてくるのだな、と思った。

そのために、誰も、龕灯を、そちらへ向けなかったのが、失敗だった。

騎馬の者が、築山の斜面へさしかかっても、馬のあがきをゆるめずに、だだっと樹間を縫って、突入してくると、

「主水さん、ここだっ！」

と、叫んだ。

笛ふき天狗の颯爽たる姿を、龕灯でとらえて、人々が愕然となった時、もう主水は、馬のそばへ、走り寄っていた。

天狗は、ひらりととび降りるや、たづなを主水へ与えると、

「西の門が開けてある」

小声で教えた。

主水が、馬上の人となるや、思いきり馬のしりへ、木枝のひと鞭をくれておいて、天狗は、悠然と白刃の群へ、むかい立った。

「こんどは、すこしばかり、イキのいいのがおあいてする。生命をすてたくない御仁は、手とか足とか、あらかじめ、斬られてかまわん箇所を告げておいてもらおう。所望通りに料理してさしあげる」

主水は、矢のごとく、一橋邸西門から宵の往還へ、馬をかけ抜けさせた。

西門を開いて、そこに、数個の死体を横たえさせていたのがあごであるのを、みとめる余裕もなかった。

あごは、騎馬を送り出しておいて、すばやく、大扉を閉めて、閂をさした。

そこへ、どっと、追手が、追って来て、

「うぬがっ！」

「たかが一人だぞっ！」

と、呶号しつつ、白刃をつらねた。

あごは、ただ、にやにやして、血ぬれた一刀を、さげて、待ちかまえている。

今日は、一人ではないのだ。三世までの忠節をちかったわが名君と行を倶にしているのである。その心の余裕が、あごの行動を目ざましいものにしていた。

――黒柳新兵衛め、出て来てみろ！　こんどこそ、先般の無念をはらしてみせる！

胸のうちに、その気概も沸きたっている。

とりこになっていた娘と、傷ついた浪人者は、屋敷からのがすことに成功した。

あとは、主君とともに、思う存分に、あばれまわるだけである。

「やあっ！」

「おおっ！」

威嚇の懸声とともに、白刃が、きらっきらっと、きらめいたが、あごは、すすきの中に立っているかのように、平気である。あびせかけられる龕燈の光に、まぶしげに、まばたきしてみせた表情は、いっそ、愛嬌のあるものだった。

「とおっ！」

正面の一人が、地を蹴って、おどり込んで来た。

あごは、かわしもせず、その唸り刃をはらいざま、びゅっと、胴を薙ぎきっていた。

つづいて、もう一人——。

これは、肩を割りつけられて、たたっと、門扉まで泳ぎ、くたくたと、くず折れた。

「さあ、つぎだ！」

あごが、たからかに叫んだ時、

「あご、もうよかろう」

と、冴えた声が、降って来た。

「おおっ！　彼奴っ！」

一斉に、ふり仰いだ門の屋根に、いつの間にか、笛ふき天狗の姿がすっきりと、夜空をきりぬいて、出現していたのである。

「しからば——」

あごは、こたえて、猛然と、攻撃陣形内へ反撃するとみせ、屋根から投げおろされた綱を、つかんだ。

上と下との呼吸の見事さが、あごの五体を宙に舞わせて、次の瞬間には、もう屋根へ立たせていた。

宵の往還は、あわただしい人の出盛りだった。

その中を、傷ついた浪人者をのせた駿足が、泡を嚙んで、疾駆して行く。

ひづめの音が、そこにきこえたと思うや、あっという間に、目の前をかすめすぎているのであった。

人々は、さけた瞬間、よくぞ蹴られなかったと、顔色をなくしていた。

「ばかやろうっ！」

「気をつけろ、唐変木！」

そんな怒声があびせられた時、もう騎馬は、十間もかなたにあった。

きらら主水は、馬上にあって、なかば、意識をうしなっていた。

視界は、濃霧にとざされているように、うすれていたし、なんの音も耳にひびいてはいなかった。

ただ――。

河岸道を、まっしぐらに駆けていることだけが、わかっていた。

わが家へ帰る本能がはたらいているのであったろう。

前方に、くろぐろと、孤をえがいた橋が、ぼんやりと見え、それが、ぐうっとせまって来るや、ぐいと、右のたづなを引いて、馬首を向けかえていた。

主水は、それが、両国橋であると思ったのだが、すでに通りこして、吾妻橋だったのである。

橋板を、ふみならす馬の足掻きは、すこしも速度をおとしてはいなかった。

渡っていた人群は、仰天して、波のように、左右へ流れた。

そのまっただ中を、奔馬は、通り魔のように過ぎた。

橋たもとへ達した時、主水の意識が、完全に、その傷ついた痩軀から、はなれた。

にもかかわらず、主水が、地上へなげ出されなかったのは、責め馬の術に長けていた証拠であったろう。また、馬の方も、たづなさばきにたよらぬ訓練ができていたからに相違ない。

馬は、左方へそれると、渡森橋をつききって、水戸侯の下屋敷の長塀沿いに、向島へ走り入った。

長塀がきれると、もう、あたりは、ひろびろとした野である。

みめぐり稲荷の森が、こんもりと、おぼろ月の下にわだかまっている。

往還は、葉桜の並木である。

このあたりで、ようやく、馬は速力をおとした。

――どこへ行こうか？

馬も迷いつつ、なんとなく、道をひろって、寺島村の人口にたどりつくと、ついに停った。

主水のからだが、自然に、ずるずるとすべって、地上へ落ちた。

花と木のきれいなながめが、この当時の向島であった。

名高い料亭や、大商人の寮が、ひろく屋敷をとって、ここに、粋なたたずまいを散在させていて、いわば、この地域は、今日の、箱根や軽井沢などの役割をはたしていたのである。

さして大きくはないが、昼間ならばその凝ったつくりは、このあたりでも、いちだんと目立ってみごとであろうと思われる寮から、はりのある澄んだ声音の、常磐津が、ながれ出て来ていた。

妄執の雲はれやらぬおぼろ夜の、空さえふけて鐘凍る。峯のふぶきに風寒く、むすばぬ夢かまぼろしに、たつ甲斐もなき妹背鳥、雪の上毛のぬれつばさ、しばし宿りもたおやぎの。しだれて重き恋風が……

そこまでうたって、突然、するどいかん高い調子で、

「もういや！」

と、叫んだ。

三味線をひいていた年配のお師匠さんが、びっくりして、手をとめて、見はったまなざしへつめたい横顔をみせると、すっと立って縁側へ出たのは、伊勢屋の小町娘お欣であった。

八幡橋で、きらら主水から、あっさり身をかわされたお欣は、その足で、この寮の方へ来ていたのだが……。

なにをしても、おちつかず、心がいらだってならないのだった。そして、時折、胸のうちが、しめつけられるように熱くなって、思わず泪ぐみそうになり、勝気がそれをこらえるのも、こうした時には、かえって、つらいことだった。

「お嬢さま！」

次の間から出て来た婆やが、近づいて来て、

「いけませんね。そんなだだをこねて……。お師匠さん、申訳ございません。さっきか

ら、雲ゆきがあやしくなって、はらはらしているんでございます」

「いいえ、どこのお嬢さまでも、お年頃になりますとね、この季節には、つい、気むらにおなりなさいます」

お欣は、ばあさん同士の分別ありげな会話に、指で耳をふさいだ。

このおり――。

急に、おもてで、人声が、さわがしくなった。

お欣は、つと庭下駄をつっかけて、露地をひろって行った。

「こりゃあ、もう息をひきとっているんじゃないのかのう?」

「いいや、まだだ。脈がうっとるわい」

「浪人者らしいが……これだから、さむらいは因果だて。刀をもっとるから、こういうむごたらしい羽目になるんじゃ」

がやがやと喋りあっている人群へ、庭木戸を開けて近づいたお欣は、何気なく、路上に倒れた人影へ、視線をおとした。

瞬間――。

お欣は、どきっと、息がとまった。

一人がさし出している小田原提灯の赤いおぼろ明りに照らされた地べたの顔は、たったいま、お欣が想いに胸を痛めていたその人のものではなかったか！

大きな衝撃が、からだを走りぬけたつぎに、はっとわれにかえると、お欣は、鉄火をほこる深川っ子であった。

「ちょいと、お前さんたち――」

連中を見まわした。

「このお方を、あたしの家へ、はこんどくれ」

「そ、そりゃ、お嬢さん、よしなすったがいい」

あわてて、一人が、手をふった。すぐ近所の植木屋であった。

「へんなかかわりあいになっちゃ、つまりません。お店の暖簾に傷がつかねえとも限りませんぜ」

「なに云ってるんだい。あたしひとりじゃ、はこべないから、お前さんがたにたのんでいるんじゃないか。……このお方は、伊勢屋の古暖簾なんかよりも、千倍も万倍も、あたしにとって、大切なおひとなんだよ。さ、早く」

「お嬢さん、お知りあいなんでござんすかい？」

「そうさ。あたしのおむこさんになるかも知れないお方さ」

きっぱりと、お欣は、そう云いきってみせた。

「こいつは、おどろいた。そいじゃ、はこばなけりゃなるめえ。おい、みんな、手を貸しな」

「合点だ――」

五六人が、ぐったりとなった主水のからだを持上げて、寮の庭へ入って行くと、婆やが、仰天して、とび出して来た。

「と、とんでもないよ！　お、お前さんたち、な、なにをするんだい？」

「だって、お嬢さんが、このおさむらいは、じぶんのおむこさんになるおひとだって――」

「バ、バカなことをお云いでないよ！）

血相かえた婆やは、はげしく、両手をふった。

「じゃ、お嬢さんが、あっしたちをかつぎなすったのか？」

「そ、そうだよ。……け、けがらわしい。そんな血まみれの半仏を、家にかつぎこんだことがきこえたら、旦那さまに、そ、それこそ……」

烈火のようになった主人の顔を想像しただけで、婆やは、身ぶるいが起った。

するると、さきにかけあがって、牀の用意をしていたお欣が、かけもどってきて、

「みんな、あとで一杯おごるよ。こっちへおあげしておくれ」

と、はずんだ声をかけた。

「お、お、お嬢さまっ！」

婆やは、わななく手で、縁側に立ったお欣のたもとをつかんだ。

「ど、どうぞ、おねがいでございますから、こ、こんな、無茶なまねは、お、およしになって下さいまし！」

しかし、お欣は、それへ一瞥もくれずに、

「みんな、なにをぐずぐずしているんだい！　あたしのたのみがきけないとお云いかい？」

と、するどくあびせた。

「どうすりゃいいんだか、弱っちまうな」

連中は、当惑して、立往生のていだった。

「いいよ！　お前さんたちがあげてくれなけりゃ、あたしひとりで、おんぶしてゆく」

お欣は、婆やの手を、ぱっとはらいのけると、庭へ、はだしでとび降りた。

これが、連中に、肚をきめさせた。

主水はからだは、奥のお欣の居間へ、ぶじにはこび込まれた。

もうそうなると、婆やも、観念して、お欣の命ずるままに、下婢を、医者に走らせた。

お欣は、甲斐甲斐しく、たすきがけになると、湯桶をはこんで来て、主水の顔や手足を拭いてやった。

早駕籠でやって来た医者は、いたるところ受けた刀槍傷のほかに、肩に撃ちこまれた銃創を発見して、

「これは、ひどいな、並の人間なら、とっくに、黄泉路を辿っているところだが。……よほど、きたえられたからだとみえる。この脈のたしかさはどうじゃ！」

と、感歎した。

これをきいて、お欣は、ほっとして、思わず、微笑が目もとにのぼった。

手当を終えて、帰って行く医者を見送っておいて、婆やが、ひきかえして来てみると
――。

お欣は、そっと、主水の片手をとって、わが頬をおしあてていた。

——まあ、なんていう！

婆やは、あきれかえって、溜息をついた。

「お嬢さま——」

「……」

「そのおさむらいは、なんと仰言る、どこのおひとでございます？」

お欣は、意識なきその寝顔を、じっと見つめながら、

「きらら主水さま」

と、云った。

「ご浪人ではございませんか」

「そう——」

「こんな目に遭うようなおひとなら、どうせろくな世すぎはなされて居りますまい」

婆やは、噛んだものを吐き出すように云った。

お欣は、氷のようにつめたい主水の手を、なでさすってやりながら、

「婆や、このお方はね、自分に想いをかけてくれたどこかの娘さんを、さらって来よう

となすったのだよ。そのために、こんな傷をお受けなされたのさ」

「お、お嬢さま」

婆やは、あいた口がふさがらないていで、

「そ、そんなごろつきのまねをしなさるおひとを、たすけて、あとで、どんなたたりがあるか知れないじゃございませんか！」

「勇ましいじゃないか！　好きな女のために、いのちをなげ出しなすった。やっぱり、あたしが、恋をするだけのねうちのあるお方だった」

「な、なんでございます？　……お嬢さま、気はたしかでございますか？」

「あいよ、たしかさ。主水さまが、ほかの娘さんをお好きになるのは、主水さまの勝手さ、あたしが、主水さまを好きになるのも、あたしの勝手さ。ほかに好きな女がいるお方に想いをかけてはいけないという掟でもあるのかい？」

「な、なんという、不了簡な――」

「あたしは、あたしの考えかたをします。主水さまが、その娘さんを首尾よくつれ出されたかどうか、知らないけど、こうして、こんな傷をお受けになって、あたしのところへおいでになったのは、とどのつまり、あたしが、主水さまを、一生お世話するように、神さまからきめられている証拠じゃないか。主水さまの女房になるのは、あたしよりほかにないんだわ」

婆やは、もう手がつけられぬという思い入れで、かぶりをふった。

婆やが、ひきさがってゆくと、お欣は、もう一度、濡れ手拭いで、蒼白な主水の顔をぬぐってやった。

「先生――、あたしの申上げたことは、あたっていましたね」

そっと、小声で、云いかけた。

「先生は、あたしをおわらいになって、さっさと行っておしまいになりました。でも、こうして、あたしのところへ、もどっていらっしゃいましたよ。お欣は、先生をお世話するために生まれて来た女なんです。ほんとです。先生が好きになってから、そうきめていました」

この時――。主水が、苦しげに、眉宇をひそめて、むむっと呻いた。

お欣は、はっと、口をつぐんで、見まもった。

主水は、飢えたものが、何か食物をもとめるように、色あせた唇を、ふるわせつつ、ひらいた。

ひくく、もらしたひと言は、

「由香さん！」

その名であった。

姉妹星

「姫さま……姫さま」

闇の中に、しのびやかに呼ぶ声がした。

深更すでに丑の刻に入ったころであろうか。

しかし、臥床のなかの、安らかな寝息は、つづいている。

「姫さま……！　甲姫さま、お起きなされい！」

掛具をゆさぶられて、甲姫は、ぱっちりと、闇に目をひらいた。

「だれ？」

ぱっと起きあがって、甲姫は、かん高い声をあげた。

「しっ！」

「だれなの、お前は？」

「きらら主水よりつかわされた者にございます」

「え？　まことか？　主水はどこじゃ？　また、いつかのように、わたしを迎えに来てくれたのか？」

「さ、さようでございます。……されば、そっと……だれにも、気づかれぬように――」

「主水は、そこには、いないのか？」

「お屋敷の外で、お待ち申して居りまするぞ」

「そうか――」

疑うことを知らぬ稚い頭脳の姫は、すっと立ちあがった。

「きものを持って来てほしい」

「そのままでよろしゅうございます」

「でも、主水に会うのじゃもの」

「主水には、もはや、姫さまは、はだかでお抱かれなされた間柄ではございませぬか」

そう云われて、甲姫の血が、本能的に熱くなった。

「では、もう、わたしは、主水の妻か？」

「さ、さよう――さ、お急ぎなされませい。物音をおたてなさらぬよう――。人に気どられると、主水にはお会いになれませせぬぞ」

「はい」

甲姫は、わくわくした。

きらら主水が、この屋敷から消えてから、甲姫は、どんなに恋い慕うたことだろう。何をしていても、突如、すべてをなげすてて、その名を呼んで、泪ぐんだものだった。

心を抑えるすべを知らぬだけに、はた目に、この上もなくいじらしいものに映って、侍女たちは、どうしてなぐさめていいのか、見当もつかずに、見まもるよりほかはなかったのである。

この恋慕ぶりは、離れ家の楽翁にも報告されたが、

「すてておくよりほかはなかろうの」

という言葉だった。

いま――。

目がさめているあいだ中、想いつづけていたその人に会えるよろこびで、甲姫は、そ

の使者の指示に、一心こめてしたがったのである。

使者のみちびきかたは、こうした手段に馴れた巧みさであった。

ついに――。

甲姫は、白衣姿のまま、屋敷外へつれ出された。

南方の塀かどに、縄梯子がかけられていて、のりこえさせられたのである。

外は、ひろい往還になり、むかいは、寺院の土塀がつらなり、昼間でも、ほとんど通行人の姿を見かけぬところであった。

「主水はいないではないか？」

路上に降り立つと、甲姫は、左右を見わたして、不服そうに、云った。

月はなかったが、星が冴えていて、かなり遠くまで見透し得るのであった。

「ご心配にはおよびませぬ。……主水は、駕籠をよびに参ったものとみえまする」

まことしやかにこたえたのは、南町奉行所与力戸辺森左内にまぎれもない。

おそらく、左内は、主水が、溺れた甲姫を蘇生させる光景を目撃して以来、ずうっと、この企てを肚にひそめて、機会をねらっていたものに相違ない。

——してやったぞ！

ひそかな北叟笑みを、口もとにうかべながら、左内は、合図通りに、一挺の駕籠が近づくのを待って、

「さ、姫さま、お乗り下されい」

と、うながした。

「主水は？」

「へ、へい。むこうで、お待ちでございます」

駕籠舁きが、うちあわせた文句を口にした。

甲姫は、うなずいて乗った。

左内は、ぴったりと、脇により添うた。

駕籠は、柳原堤に沿って、まっすぐに、八辻原の方へむかって、走り出した。

しーん、と更けわたった星夜に、犬の遠吠えがきこえるばかりで、走る足音が、高くひびく——。

浅草橋から、筋違橋まで、この堤は、およそ十町もつづいている。

その堤の上にならぶ柳の枝も、風が落ちていて、そよともしない。

片側は、武家屋敷がつらなっている。

やがて——。

八辻原へさしかかろうとした地点で、須田町通りの入口に、ぽつんと、闇に澄んだ灯が見えた。

これは、夜あかし屋台であった。

辛抱のいる商売で、深夜帰りの遊び客をひろって、一杯飲ませるのであった。

駕籠は、そのそばを、かけぬけて、ななめに、連雀町の小路へ、入ろうとした。

このおり、駕籠の中から、

「きらら主水が待っているところは、まだか？」

と、高い声がたずねた。

とたんに、屋台に寄っていた浪人ていの客が、ふりかえった。

「もう、すぐでございますぞ」

左内のなだめ声をのこして、駕籠は、ゆき過ぎた。

それへ、屋台のかげから、鋭い視線を送った浪人ていの客が、

「ふむ！」

と、おのれにうなずいた。

小銭を投げておいて、ふらりと出るや、片袖が、ふわっと舞った。

黒柳新兵衛であった。

——左内め、甲姫を、白河隠宅から拉致して、何処へつれ込もうというのか？

すでに、新兵衛は、あの与力のぬえ的性格を見破っていた。

ゆっくりと、そのあとを尾けはじめながら、新兵衛は、しかし、おのれも、また、ぬえ的な存在にある自嘲をおぼえていた。

酒代欲しさに血祭殿に、剣の腕を売ったのだ、といったんは割りきったものの、おのれに与えられた役目が、思いもかけず、虚無の剣気をはばむ、おのれ自身の古傷を斬る因果であったことは、この剣鬼を烈しく戸惑わせていたのである。

もとより、血祭殿は、新兵衛があごを逃したときいて以来、腹中ふくむところがある様子である。

新兵衛としては、当然、血祭党から離れ去る立場にある。にも拘らず、依然として、血祭党の本拠に身を置いているのは、逆に、その陰謀に対して、場合によっては、剣をむける意が動いている。

由香と甲姫が、二十年前の思慕のひとの俤をそのままに再現しているのを見た新兵衛が、反転して、血祭党の敵側に立ったとして、これは、ふしぎのないことである。

あらゆる放埒無慙の行状をかさねながらも、兵法の魂だけは守り通して来た新兵衛が、ついにそれすらも、酒のために売ったとたん、天に吐いた唾がおのれの顔にかかる皮肉な人間的苦痛をなめさせられたのである。

甲姫を拉致して行く戸辺森左内を尾ける新兵衛は、もはや、血祭殿の走狗ではなかった。

対手にさとられぬだけの遠い距離を置きつつ、深夜の町家通りを、幾曲りかした。

やがて——。
駕籠が、はこび込まれたのは、一見、巨富を持った札差の別邸と見える門構えの屋敷だった。忍び返しをつけた黒塀が、二十間あまりもつづいていて、その上からさしのばされた樹枝が、吟味され、手入れがゆきとどいている様子だけで、よほど名のある大商人の持ちものとわかる。

——幕府は、王朝復活を弾圧しようと、血まなこになり、躍起になりながら、江戸城の土台をゆるがせているのが、実は、こうした大商人どもであることに、おろかにも気づいて居らぬ。

新兵衛は、宏壮なたたずまいを見わたして、そう心中でつぶやきすてていた。

おそろしく贅をつくした枯山水の奥庭が、さまざまの灯籠のあかりで、そのみごとな岩組みを浮きあがらせていた。

駕籠は、その一隅に据えられた。

垂れがあげられると、顔をのぞけて、甲姫が、なにか言おうとした——その口を、戸辺森左内の手が、すばやく、ふさいでいた。

烈しくもがくしなやかな若い肢体を、ずるずるとひきずり出した——左内の、猿ぐつわをかませ、後手にしばりあげる手口は、鮮かであった。

無言で、駕籠舁きに合図して、かつぎあげさせ、竹の渡廊下でつないだ茶室風の一室に、はこばせた。

左内の態度は、捕えた鼠をもてあそぶ猫のそれに似ていた。

花びらを撒いたように仰のけになげ出された白痴の姫を、一間をへだて、片膝ついて、じっと眺めているのであった。

もがけばもがくだけ、裳裾がみだれて、くれないの下着を割って、まろやかな白いふくらみがあらわになる。

左内は、そこへ、鬼火のように残忍な、淫靡な眼光をあてて、いつまでも動こうとしないのだ。

廊下に足音がして、障子の外で、

「よろしゅうございましょうかな？」

と、根太い声が、かかった。

「うむ。よい」

左内は、甲姫から、目をはなさずに、こたえた。

人って来たのは、五十年配の、でっぷりと肥えた町人であった。

剛愎という形容を、おのれで独占しているといった容子である。

なにか珍しい掘出物でも眺めるような目つきで、口もとにだけ柔和な微笑を刻みながら、

「ほう――これが、さきの公方様の……」

と、いった。

「森河屋、約束通り、三千両で、買うか？」

左内は、無表情で、いった。

「この方が、まちがいなく、そうでございますればな——」

森河屋も、こともなげな口調で、こたえた。

すでに、巨富をたくわえた大商人たちは、あらゆる贅をつくすことにあきている時世であった。したがって、その求める趣向も、身の程知らずな思いあがったものになっていた。

大商人たちは、すでに、日本全土の実際的支配者となっていたので、公儀や大名、旗本を、心中では完全に軽蔑していたとはいえ、その身分地位の厳然たる差別に対しては、如何ともなし難かった。

この封建制度に対する反逆が、身分尊く地位高い者の子女を金で買う、といった復讐的なやりくちで、しめされていたのである。

大商人が、大名あるいは旗本大身の息女をもらい受けた、という話は、すでにいくつかきこえていた。もとより、公表されるべき性質のものではなく、息女は、その身分をかたく秘されて、大商人邸へ身柄を移されていたので、いずれの話が事実であるか見きわめ難かったが……。

大商人間にあっては、これこそ、生涯最大の贅として、それが、実行できるものなら、金を惜しむものではなかった。

それにしても、公方の姫を妾にするという企ては、あまりにも思い上り甚しいというべきであったろう。

しかも、それをいささかも空おそろしいとも感じない気色をみせるこの森河屋なる町人は、その行跡において、いかに、公儀および大名旗本を、金力をもって屈服せしめているかという証左となろう。

「森河屋！」

左内は、じろっと町人を見あげて、

「もしも、おれが、さきにためしたら、値段はどうなる？」

と、破廉恥な問いを発した。

左内は、森河屋の態度に、本能的な反感を湧かせたのである。

左内も、公儀に禄を食む旗本の一人であるからには、将軍家の娘を買おうとする町人が、平然たる様子をしめすことには、肚を据えかねたのである。

あり得べからざることが実現する歓喜の恐縮ぶりをしめしてもらいたかった。それでこそ、この売物の価値も光ろうというものではないか。

「ふふふふふ」

森河屋は、ふくみ笑いをした。

「それア、戸辺森さん、傷もののねうちは、ぐんと下りましょうぜ。野暮なことを、仰言るものじゃございません」

「いくらに下る?」

左内のおもては、異常なまでに陰惨であった。

「値段によっては、さきに、ためしなさると云いなさるのか?」

「うむ――」

「百両でございましょうな」

森河屋は、ひややかに云いすてた。

「なに?」

左内は、唖然とした。

「たった百両か。またひどく下げたものだな」

「あたりまえではございませんか。まだ手折られぬ高嶺の花だからこそ、三千両のねうちがあるので、いったん下界の塵にまみれてしまえば、そこいらの町娘の相場と大差はありません」

左内は、しばらく、森河屋を睨みあげていたが、のそりと立ちあがった。

「三千両、貰おう」


森河屋は、左内が去ると、もがきつづける甲姫のそばへ寄って、あらわにむかれた真白い脛のあたりへ、片手を置いた。

とたんに、甲姫の全身に、烈しい痙攣が走った。

この反応は、しかし、森河屋を、ぞくぞくする程よろこばせた。

「お姫様。さぞ、お怒りでございましょう。もうちっとのご辛抱でございます。……なに、すぐに、すむことでございますよ。そうなったら、もう貴女様は、手前から一刻も離れられなくおなりでございますわい。……ふふふふ、足の指さきまでが、後光がさす程お美しい。まことに、公方様のお娘御だけある。申分のないおからだでございます。

……手前はね。房州の海辺の漁師のせがれでございましてね。十歳までは、米の飯は一粒も口に入れたおぼえがありませぬ。まして、一文銭すらも見たことがない貧しい育ちかたをいたしましたよ。江戸へ出て、棒手振りになって、三十までは、やはり食うや食わずのしがないその日ぐらしをつづけた男でございます。その男が、いまこうして、公方様のお姫様を手に入れた——というわけでございますから、これア、冥利につきる話でございますて」

わざとしんみりとした口調で、きかせておいて、森河屋は、しばらくのあいだ、柔かな温い脛の手ざわりをたのしんでいたが、やおら、その肢体を、どっこいしょとかかえあげた。

仕切り襖をひらくと、奥の間には、すでに、派手な花模様の夜具が、敷かれてあった。

森河屋は、甲姫を、その上へ、そっと横たえさせると、ゆっくりと、その帯を解きはじめた。

「むむっ……む……むむっ……」

うめきつつ、甲姫は、右へ左へ身もだえつづけたが、それは、かえって、森河屋の残忍性をそそりたてるに役立った。

ついに――。

白羽二重の寝衣が、はだけられた。

燃えたつような緋縮緬の長襦袢すがたへ、森河屋は、蛇のような獣心をむき出した眼光をそそいで、

「ふふふふ――」

と、喜悦の笑い声をもらした。

地虫のように、下層世界をうごめきまわった過去の青春が、いままざまざと顧られるのだった。あの貧窮のどん底から、はいのぼって、ついに千万長者となったいま、金力による復讐的所業は、思うてならざることはなかったが、ただひとつ、高貴の子女を、手に入れることは、困難だった。それが、まさに、実現したのだ。公方の娘をわがものにできるのだ。

左内にむかっては、あれ程平然たる態度をしめした森河屋も、抑えていた欲情が、からだの中から噴騰する刹那に達して、四肢がわななくばかりにわれを忘れた。

いきなり――。

森河屋のあぶらぎった五体が、甲姫の上へのしかかろうとした。

とたん、

「どっこい――身の程知らずの真似はやめたがよかろうぜ」

そのあざけりの声が、背後からあびせられた。

ぎょっとなって、ふりかえった森河屋は、恐怖の色をその顔に、凍てつかせた。

隻腕の剣鬼――黒柳新兵衛と、森河屋は、すでに顔なじみであった。

かつて、森河屋は、抜荷買いをやるために、新兵衛をやとおうとして、にべもなくことわられたおぼえがある。

大きく胸を喘がせて、声もない大商人を、新兵衛は、せせら笑って、見おろし、

「棒手振りあがりは、それにふさわしい趣味にとどめておけばよかったなあ、森河屋……。この別邸を外から眺めて、どうせ、悪辣な荒かせぎをやっている札差あたりだろう、と想像していたが、貴様だったとは、因縁というものだ。おれの知合いの中でも、最もきらいな奴に属するのだ、貴様は――」

「く、く、黒柳様！」

ようやく、ひからびた口腔をいっぱいにひらいて、森河屋は、声をしぼった。

「お、おねがいでございます。こ、これは、ご内聞に——千、千両で、ご容赦、下さいますまいか」

両手をあわせるのへ、新兵衛は、冷やかに、鼻を鳴らした。

「あいにくだが、目下は、酒代に不自由は、して居らん」

「そ、それは、わかって居りますが……曲げて、お、お見のがしの程を——」

「この娘が、おれの見知らぬ姫君であったならば、こっちは野暮な邪魔はしなかったはずだ」

「……?」

「あいにく、おれに、とっては、その娘を、貴様如き毛虫にさわらせてはならぬ理由がある。……毛虫は、ふみつぶす！」

とどめの一句に、殺気がこもった。森河屋は仰天して、

「黒柳様っ！　い、いのちだけは、ど、どうぞ、ご、ごかんべんを——。金なら、い、いくらでも——」

その歎願のおわらぬうちに、新兵衛の腰から、白光が噴いた。

「……うわあっ！」

両手を虚空にさしのべた森河屋は、その面貌を、真っ赤なざくろと化して、のけぞった。

どさっと、にぶい音をたてて、畳へのけぞった森河屋へ、新兵衛は、一瞥もくれようとせず、甲姫へ、近づくと、猿ぐつわと、いましめを解いてやった。

生まれてはじめて、人の斬り殺される光景を目撃させられた甲姫は、完全な痴呆となって、玻璃のように、ひとみを、動かぬものにして、屍骸を眺めた。

「立たれい。お送りする」

新兵衛が、うながした時、絶鳴をききつけた者が、渡り廊下をはげしくふみならして奔って来た。

左内であった。

頭をまわして、じろっと睨みかえした新兵衛と、視線が、ぶっつかって、あっとなった左内は、反射的に、庭さきへ、うしろ跳びに逃げていた。

「おい、戸辺森——与力という職掌は、女衒も兼ねて居るのか？」

新兵衛の冷笑に、左内は、かえす言葉もなく、じりじりと、あとずさった。

「いずれ、近いうちに、貴様を斬る。首を洗っておけ！」

に心得ていた。

「く、くそっ！」

憤怒で、眼球もとび出さんばかりになりながら、狡猾な捕吏は、身の進退だけは機敏に心得ていた。


左内の姿が、闇に消えると、新兵衛は、甲姫を、床から、起たせようとした。

その手を、本能的にふりはらった甲姫はふらふらと立ちあがって、

「主水！　……きらら主水！」

と、宙へ呼びかけた。

新兵衛の眉間が、にがにがしく曇った。

ここで、いささかの説明をくわえておかなければなるまい。

新兵衛は、つい先日まで、甲姫の存在を知らなかったのである。夕姫である由香の存在は、おのれの目で見とどけて、愕然となったものだったが、それが、甲姫の双生児であることは、地下牢にとじこめられていたあごをのがした直後に、血祭殿から、きかされたことである。その後、きらら主水につれ出された甲姫が白河楽翁の隠宅にいると、戸辺森左内が血祭殿に報告した事実を新兵衛としては、珍しく、神経をくばって、かぎ

とっていた。

だから、新兵衛は、須田町通りの入口の夜あかし屋台で、駕籠の中の声をきいたとたんに、それが甲姫だな、と直感したのであった。

左内が、甲姫を、森河屋へ一夜の愉しみの生贄に提供しておいて、何食わぬ顔で、血祭殿のところへつれもどそうとするのだな、と見破ったのは、邸内へ忍び入って、これが森河屋のものだとわかってからであった。

——ふん！　主水め！　冥利な奴！

新兵衛は、美しい双生児から慕われているあの白面の素浪人に対して、たえがたい嫉妬をおぼえずにはいられなかった。

闇のなかに、きらきらと光るものがあった。

——なんだろう？

由香は、じっと眸子をこらした。

——あ！

それは、父修之進が持っていた白磁の玉であった。

ぬばたまの暗黒の宙に、しずかに浮いているのである。

と――、どうしたのか、急に、くるくると、まわりはじめた。するとそのまま、光は、八方へ、ぱらぱらと、美しく、撒きちらされはじめた。うちあげられた花火がひらくように、刹那的なかがやきを、つづけさまにはなつのであった。

するとこ、その光にさそわれたように、もうひとつの白磁の玉が、どこからともなく飛んで来たかと思うや、あたかも、二羽の胡蝶が、もつれあって、舞うように、いかにもむつまじげに、まわりはじめた。

それにつれて、撒きちらされる光の破片は、数をまし、かがやきをくわえていった。

とみる間に、ふたつの玉は、ぱっとぶっつかり、由香は、

――あっ！

と、叫んだ。

一瞬、白昼のように、あたりがあかるくなったのである。

そこで、夢は、破られた。

由香は、まぶたをひらいて、ひとつ、ふかい溜息をついた。

それから、そっと、わが胸をさぐって、そこに小えんからかえされた白磁の玉がある

のを、たしかめた。

——どうしたんだろう？　これと同じ玉が、どこかにあるのだろうか？

なぜか、ただの夢とは、思えなかった。

二個が、ぶっつかって、四散したことに不吉な予感があった。

すっと起きあがった由香は、しばらく、玉がまわっていたのが、そのあたりでもあるかのように、宙の一点へ、眸子を置いて、思いを沈めていた。


やがて——。

身じまいをととのえて、牀をあげたところへ、階段に足音があった。

顔をみせたのは、小えんであった。

伊太吉が、由香をともなったのは、小えんの家だったのである。

「お嬢さま、大丈夫でござんすか？　今日いちにち、お横になっていらっしゃいましよ」

「いえ、わたくしは、どこも怪我をしているわけではありませぬ。疲れはとれました。……たびたび、ご迷惑をおかけいたして申しわけございませぬ」

「あんな——水くさい！」

小えんは、かぶりをふってから、

「主水さんは、ほんとに、どうなすったんでしょうね？」

由香は、こたえた。

「生きておいでだと思います」

そのことに、なんの疑念も、持ってはいなかった。

「いえ、それアもう、きまって居りますけれど——」

小えんは、由香の遠くへ置いた眸子の色が、神秘なまでに美しく澄んでいるのを眺めて、

——あたしの負だ！

沁々と、じぶんに云いきかせなければならなかった。

——生きておいでだと信じていなさる！　心がひとつだからこそ、それがおわかりになる！

小えんは、主水の身の上に大きな不安を抱いたじぶんを慙じた。

由香は、小えんに視線を移すと、

「あの……これから、主水さまのお屋敷へ参ろうと存じます」

と、云った。

「あちらでお待ちなさいます？」

「はい――」

この前――。

由香は、はじめて、主水のところへ行こうと決意したおり、小えんが、敵のおそろしさを口にすると、

「……わたくしは、いつの頃からか、大きな苦難を通らなければ、幸せが得られないような――そんな予感がいたして居ります。苦難に負けまいと思います」

と、こたえたことだった。

そして、その通り、由香は、あれ以来、いくたびか、おそろしい目に遭い、それをのがれて来た。

そのために、心の底の信念は、かえって、強いものとなっているのだった。

そうだ、苦難に襲われはしたが、同時に、主水の愛情も、しっかとわがものにした由香だったのである。

「お行きなさいまし。……きっと主水さんは、帰っておいでになりますよ」

「はい。わたくしも、そう思います」

由香は、立ちあがった。

「あ――ちょっと、お待ち下さいまし」

小えんは、いそいで、手をたたいて、ばあやを呼んだ。

「ばあや、おまえ、むかしは、髪結いだったろう？」

「ええ、もうそりゃ、じぶんの口から申上げちゃなんでございますが、わたしの結いました髪は、大みそかにあげて、七草までは、ほつれ毛一本も――」

「その自慢の腕で、お嬢さまを、粋な若女房にしてさしあげておくれ」

「え？」

「そうさ、恋しい殿御をお迎えなさるには、そうでなくちゃいけないのさ」

かすかな胸の痛みをかくして、小えんは、あかるい声で云ったのである。

由香は、駕籠で主水の荒れ屋敷へもどって来た。

すっきりと仇な女房姿になったじぶんは、もうこの屋敷よりほかに住むべきところはない、とあらためて心に誓って、傾いた門をくぐったのである。

荒れはてたたたずまいが、なんと、なつかしいものに眺められることだろう。

裏口から、いそいそと入ってみて、もしや、もう主水さまはお帰りになっているのではなかろうかという期待は、裏切られたが、それがふかい失望とならなかったのも、心が完全に妻の位置にすわっていた証左であったろうか。

いったん、じぶんの部屋にあてられていた書院に坐ったが、すぐ、立ちあがった。

――旦那さまのお居間をきれいにしておかなければ……。

そう思った。

由香は、まだ主水の起居していた部屋をのぞいたことがなかった。

いまは、もう、入って行ってもいい、と誇らかな気持がある。

由香は、廊下へ出て雨戸を繰って、眩しい陽ざしを迎え入れながら、奥へ近づいて行った。

その中に、主水がいるかのように、つつましく、膝をついて、障子をひらいた由香は、一瞥して、

「まあ！」

と、ちいさい歎声をもらした。

自ら無頼と称しながら、夥しい書籍を整然とならべたありさまは、謹厳な学者の居間かと疑われるばかりであった。

――やはり、主水さまは、りっぱなお志をお持ちになっているお方だった！

その志を、世にしめす機会を持たなかったために、わざと、ひねくれてみせていたのだ、とあらためて、じぶんの予測のあたっていたことに、由香は、微笑して、居間を見まわしたのである。

あたまに手拭いをかぶり、たすきをかけて、掃除にとりかかった由香は、もうすぐ、主水が、ふらりと戻って来るような、はずんだ気持であった。

「まだ、祝言はすんで居らぬぞ、由香さん」

笑いながら、そう仰言るかも知れない。

「いいえ、もう、心と心では、すんで居りまする」

そうおこたえしよう。

主水のおもかげへ、意識をとられていた由香は、うっかり、はたきを、黒棚の上の大文箱の紐にひっかけた。

「あっ！」

がたんと、たたみへ落して、悲鳴をあげた由香は、次の一瞬、大きく、目をみひらかなければならなかった。

大文箱の蓋が、はずれて、中から、ころころと、ころがり出たのは、白磁の玉だったからである。

由香は、そっと、それをひろいあげてみて、しばし、食い入るように眺めていたが、わが肌身をさぐって、もう一個の玉をとり出すと、両のてのひらに、ならべた。

二個の玉は、まったく、同じであった。

奇蹟を見たおどろきの瞬刻が去ると、由香は、

「ああ……」

と、眸子を、かがやかせて、玉をひしとにぎりしめると、胸におしあてた。

「正夢だった！」

その呟きに、想いのあふれる感動がこめられた。

今朝がたの夢で、二個の珠玉が、光の破片を散らしつつ、もつれあう光景をみた由香である。

あれは、もしかすれば、主水さまとじぶんの運命を暗示するものではなかろうか、と考えていたのであったが……。

いま、同じ玉をてのひらにならべて、由香は、主水にはじめて出会った時のことを思いうかべた。

——わたくしは、この方にすがればいいのだ。わたくしのこれからの生涯は、この方にすがることで、きまるのではないかしら？

たしか、そう直感したおぼえがある。

また——。

小えんの家で、主水に、この玉について告げた時——。

主水は、大きく双眸をひらいて、なにか異常な思念を湧きあがらせている気色をしめしたのち、

「……宿運、というやつだ」

と、呟きすてたものだった。

その時は、由香は、主水が、ただ偶然のかかわりあいによって起つ決意をしたのだ、という意味にうけとったのであったが——。

そうではなかったのだ。

主水は、同じ玉を持っていたがゆえに、由香とおのれが、ふしぎな宿縁でむすばれている、という感慨を抱いたのだ。

何故に、一個を主水が持ち、一個を父修之進が持っていたのか——その謎を、由香は、解くすべもない。

由香は、しかし、謎を解きたい衝動よりも、神秘にうたれた感動を抱きしめて、謎は謎のままにそっとしておきたいような気持であった。

いずれにせよ、この同じ玉が、めぐりあわねばならぬ運命をもっていたことだけは、たしかだと由香にも、はっきりとわかった。

——主水さまが、お帰りになったら、最初に、だまって、これをならべてお見せしよう。

そう思いきめた時、玄関に、人が入って来る気配があった。

——おもどりになった！

由香は、とび立つよろこびで、二個の玉を大文箱にしまうと、たすきをはずし、手拭いをとって、廊下へ出た。

しかし、小走りに玄関へむかおうとして、きこえて来た話声に、

――ちがうようだ。

と、直感した。

敵の出現に備えなければならぬ身の上だった。

すばやく、書院へ入って、全神経を耳にあつめていると、

「こちらへ、まわせ」

と指示する声が、ききおぼえのあるものだった。

――黒柳新兵衛！

人間ばなれのした凄みをただよわせた隻腕の剣客のすがたが、由香の脳裡にうかんだ。

「まるで、これア、空屋敷でござんすね」

「おっと、先棒、気をつけな。つくばいが、むぐらにかくれてやがる」

駕籠舁きたちの会話で、だれかをつれて来たとわかった。

由香は、心をきめると、縁側へ出て、待った。

駕籠をしたがえて、のっそりとあらわれた新兵衛は、由香をそこに見出しても、べつに表情をうごかさず、

「きらら主水は？」

と、抑揚のないひくい声音で訊ねた。

「まだ、戻って参りませぬ」

「そなた、のぞみが叶ったのか？」

由香の若女房姿のことを指して云ったのである。

「……」

由香は、それにこたえず、駕籠へ視線をあてた。

――だれであろう？

急に、胸さわぎが起った。

新兵衛は、この時、はじめて、薄ら笑いを、口もとに刻んだ。

「そなたが、めぐり会わねばならぬ者をつれて来た」

「え？」

新兵衛は、無造作に、駕籠のたれを、あげた。

瞬間——。

由香は、あっ、と目をみはった。

駕籠の中の者も、ふしぎそうに、由香を、まじまじと見あげた。

じぶんとすんぶんちがわぬ娘が、目の前にいる！

すでに、じぶんの妹の存在は、笛ふき天狗によってきかされていたとはいえ、こうして、現実に、同じ貌を見せられた由香の、驚愕と感動は、形容を超えたものだった。

「姫、あれが、そなたの姉上じゃ」

新兵衛は、そう云って、手を添えると、駕籠から、つれ出した。

新兵衛は、あっけにとられている駕籠舁きたちへ、去れ、と顎で命じておいて、自身もまた、姉妹へ背を向けると、数間遠ざかって、置岩へ、腰を下ろした。

甲姫は、まばたきもせず、由香を見つめながら、ふらふらと近づいて来ると、

「あなたが……わたしの、お姉さま？」

と、問うて、あどけなくくびをかしげた。

由香は、だまって、うなずいた。

「うれしい！」

にこっとして、

「まるで、わたしのようじゃ！　あなたとわたしは、同じものみたい――」

そのたどたどしい表現が、由香の胸を、熱くした。

「そうです。もとは、ひとつでした。お母さまのお腹で――」

やさしく、云いきかせてやると、こくりと合点して、それからきょろきょろと屋内を見まわして、

「どうして、お姉さまは、こんなきたないところにおすまい？」

「わたくしの家ですもの」

そうこたえると、甲姫は、はっと思い出したように、新兵衛の方をふりかえって、

「きらら主水は、どこじゃ？」

と、かん高く、訊ねた。

「主水さまの家でもあります。ここは――」

「え？　どうして？　お姉さまの家と主水の家が、同じなの？」

この時、新兵衛が、立ちあがって、ふりかえった。

「甲姫は、きらら主水を慕って居る」

この一言に、由香は、どきっとなった。

「だから、そなたは、主水の妻だと打明けてくれるな」

新兵衛は、言外に、そう忠告したのである。

「ね、どうして、お姉さまは、主水と一緒に住んでおいでなの？」

甲姫の眸子が、もう女の本能の鋭い光をしめすのを、由香は、うけとめかねて、当惑の微笑をつくり、

「それは……主水さまが、わたくしを、悪者からすくって下さいましたので……身を寄せさせて頂いているのです」

「あ！」

甲姫は、素直に、あかるい面持になった。

「では、わたしと同じです、わたしも、主水にすくわれました。ですから、わたしも、この家に住んでもよろしいのですね」

由香は、困って、新兵衛を見やった。

かすかな苦笑をつくった新兵衛は、

「甲姫を、あずかってもらおう」

「でも……それは――」

「いや、長くとは申さぬ。甲姫をひきとる婦人を、拙者が、ここへともなうまでの間だ」

「……?」

「左様――、そなたたちの母者をだ」

老人奮闘

「よいか、よいか——。万端、遺漏はないの？」

朝陽が、庭へさしそめたばかりの時刻だというのに、松平大和守邸では、九郎兵衛老人の大声が、もうひびいていた。

「遺漏ございませぬ」

侍臣の一人が、自信ありげに、老人にまけぬ大声でこたえていた。

老人は、ぐるりと、広間を見わたしてから、

「ふん——」

と、あごをなでた。

なにか、とっちめるところはないか、目を光らせているのだが、どうやら、一点非難

すべき箇所はないらしい。

「あの掛物は、チト曲っているのではないかな?」

「曲尺をもってはかって居りまする、もそっと、お腰をのばされて、よく、ごらんになりませぬと――」

「たわけ。好きこのんで、腰が曲ったのではないわい。まだ、目は見えるぞ、目は――」

「失礼ながら、お袴の結びが、少々曲っております」

「へその曲りに、あわせて、袴の結びも曲げたのじゃ」

するとうしろの方で、誰かが、

「つむじも曲って居るから、三曲りだの――」

「三下りはあるが、三曲りは、歌にも踊りにもならん」

「しかし、俗曲というが――」

などと、こそこそささやいているのをききつけて、

「こりゃ、目も見えれば、耳の方もきこえるぞ。へらず口をたたくのが達者にばかりなり居って、当節の青二才どもは――」

「野暮な大小、さらりとすてて」

「粋な浮世を恋ゆえに、深山の奥のわび住居――」

「こちゃ、いとやせぬ」

「たた、たわけっ！」

老人、まっ赤になって、一喝した。

「なんたる不埒なるおのれら、八十の翁をからかいおって、さて、はて、あきれはてた者共めら――」

尤も、肚の底では、この若ざむらいたちが、自分の命令を、てきぱきと片づけてくれたことを、大いにみとめている老人ではあった。

――他藩とくらべて、わが家中の若者どもは、まことに粒がそろって居る。上に名君をいただいて居る所以じゃて。

これも、実は、老人の自慢のひとつなのだが――。

ただどうも、その名君をみならって、若ざむらいたちが、いささか、酒脱になりすぎたのは、どうも気に食わぬことである。

九郎兵衛老人は、今日こそ、ひとつ、かねての計画を実行しようとしているのであった。

「よし。それでは、配置につけい」

言いのこしておいて、曲腰で手を組んだ老人は、のそのそと、長廊下をたどって行った。


奥の千太郎の居間の前に立つと、障子ごしに、

「殿――」

と、呼びかけた。

返辞はなかった。

「殿。お目ざめでござろうな。入り申すぞ」

ことわって、障子をすっと開けたとたん、

「しゃっ！　なんたる――」

と、しわまぶたをひきむいた。

牀の上にあぐらをかいている人物は、まさしく、千太郎にまぎれもないのだが、その風態たるや、言語道断であった。

あたまは、刷毛先を左巻きに散らした町人髷、ま白い晒をまきつけた胸をはだけた小粋な古渡胡麻の唐桟に、博多帯をきりりとしめて、銀煙管を手にしているのであった。

いや、それよりも、左頬に、くっきりと鮮かに浮彫られた朱の横笛は、いったいなんのためか？

「……」

言葉にならぬ呻きをもらして、老人、しばし、棒を呑んだていでつッ立っていた。

「ははははは……」

千太郎はあかるく笑った。

「少々、夜あるきが長びいてな、いま帰ったところだ。あまり、見られたくない恰好だ」

「と、と、殿っ！」

老人は、あごを、がくがくっと二三度上下させてから、べたりと坐った。

「まことに……な、なんと申そうか……正気の沙汰とは申されぬ——そ、その、な、なりは、なんのざまでござるっ？」

「下世話にいう、神仏混淆火事掛合——いつどんな場合でも、大名は、大名の衣服で出かけなければならぬという法規はあるまい。たまには、こういういでたちで、市中をさまようてみると、生命がのびるな」

「――た、たわけた――なんたる、あさましいお振舞いぞや！　御先君様が、ごらんになられたら」

「千太郎、似合うぞ、とほめて下さるだろう」

「おかれませい！　市井無頼の徒を模倣なされるのも、こと更に、そのおん顔の刺青は、なんの見栄でござるっ！」

「これか――。いれずみは、背中だけにかぎられて居るまい。尤も、わしのは、絵具で描いたにすぎぬ」

予太郎は、腰の豆しぼりをとって、頬をぬぐってけろりとした表情だった。

しばらく、昂奮で、肩で呼吸をしていた老人は、千太郎の前にすすんで、ぴたりと坐った。

「殿！」

「なんだ！」

「じいは、知って居りまするぞ」

「なにをだ?」

「殿は、一橋大納言様を敵にまわして、一戦まじえようとなされてござる」

「……」

千太郎の顔から、微笑が消えた。

「まことでござろうがな?」

「とすれば、お前の意見はどうだな?」

「殿は、東照権現様以来の名門たる松平家を、つぶしてもかまわぬと申されるか?」

「場合によってはな」

「な、なにを申される——」

「爺! 松平家はほろびても、十五万石の土地と民はのこるぞ!」

「お、おかれませい! もしも、左様な事態にいたったならば、なんの面目あって、泉下のご先君様のおん許に行かれましょうぞ!」

「爺! こういう言葉を知って居るか、上謀る能わず、士死する能わずんば、何を以て民を治めん。また、君は民の源なり、源清ければ、すなわち流清く、源濁れば、すなわち流濁る、ともいう。……よいか、君主たる者は、まず、国家の政事が、民のためにされているかどうかを考えなければならぬ。おのが家門の栄誉など、民を以て民を守る正しい政事が行われた上で、おのずから与えられるものではないか。……日本の国土を治めるべき徳川家が、仁と義を忘れ、天下の大器をゆがめるような、道をふみあやまる愚行を演じようとしているのを見た時、その旗本たる松平大和守が、力をつくして、その不明をひらこうとするのは、これは、当然の義務ではないか。上が正しきに就いてこそ、民は、これにしたがう。公を以て私を滅せざれば、民がどうして真に懐こうぞ。すなわち、たとえ松平家をつぶしても、徳川家をして、民から不信を抱かせぬようにつとめるこそ、三百年の恩願にむくいることになろう。わしは、一介の浪人となりはてても、みじんも、祖廟にはじるところはないぞ！」

凛然たる千太郎の言葉は、九郎兵衛老人の肺腑をつらぬいた。

——おお！　よくぞ、かくまでに、立派な名君にお育ちなされた！

じーん、と目がしらが、熱くなった。

——おやりめされい！　松平家など、つぶされい！　お心のままに、一橋大納言とたたかいめされい！

老人は、そう叫びたかった。

しかし、そう叫ぶかわりに、老人の口を、ふいに、ついて出たのは、

「殿！　嫁をおもらいなされい！」

例の一句だった。

千太郎は、苦笑した。

「嫁はもたぬ」

「いいや、なりませぬぞ」

老人は、気色いかめしく、かぶりをふった。

千太郎のおそるべきたたかいをくいとめるすべは、老人にはない。そのことについては、もはや、一句も口をさしはさまない肚をきめた老人は、しかし、かねての望みを、この際、是が非でも、なしとげなければならぬと、烈しい意地をたてたのである。

奥方を迎えることによって、主君に、家門をつぶしてまでも、大義に就こうとする覚悟を、ある程度のところまでにとどめさせる——そんな下心が働いたわけではない。

ただ、老人としては、うぶ湯の時から見まもって来た主君に、世の男子なみに、愉しい家庭というものを、つくってもらいたかったのである。

この十余年間、老人は、幾百たび、美しい奥方とともに在る主君の姿を、思い描きつづけて来たことだろう。

そして、お世継ぎがお生まれあそばしたら——と想像すると、想像しただけで、老人は、老いの血が若やぐのを、おぼえたものだった。

「和子さま！」

そう呼んで、この腕に抱いてみたい。

この渇望が、実現する日を待って、老人は、生きているといっていいのである。

いかに壮健とはいえ、八十歳という老齢には勝てぬ。明日の日、ころりと、この世に別れを告げることになろうも知れぬのである。

奥方を迎えたとしても、お世継ぎのお顔を拝すまでには、二年や三年は、待たねばならぬ。

これは、八十翁にとっては、まことに、じれったい話なのである。

「殿！　この爺におまかしめされい」

「なにか、たくらんで居るな」

千太郎は、微笑した。

「たくらまいでか！　さ、さ、はやく、お召しかえじゃ。家臣どもに見つけられたら、なんとなさる？」

「猪牙でセッセ、行くのは、深川通い、上る桟橋がアレワイサノサ、とひと踊りしてつかわそうか」

「め、め、滅相な——。そうでのうても、野暮な大小さらりとすてて、などと、この爺めをからかい居りますわい」

「上の為すところは、民の帰なり、と後漢書にもあるからの」

「さ、さ、はよう、はよう——」

老人は、せきたてて、千太郎に、着かえさせると、首をふりながら、せかせかと、おもてへ出て行った。


四つ上刻（午前十時）——。

あかるく晴れて、まぶしい初夏の空の下を、お行列が、しずしずとすすむ。

金紋の先箱につづいて、羅紗鞘の鳥毛の槍、そして薙刀二本立てである。挟箱も、数がそろっている。

徒士、小人よりも、腰元の頭数が多い。

これは、総蒔絵の乗物の中のひとが、婦人であることをしめす。

左右に、道をひらいている人々が挟箱の紋を見て、

「黒田様だの――」

「奥方か、娘さんか、ひとつ、あててみろや」

「御紋が、藤巴だろう。奥方にきまってらあ。岸の藤なみ濡れ濡れて、筑前博多の帯をとき、巴にからむ牀の中、ふっと吹き消しゃ、まっ黒田」

「からんで吸うて、ちんちんかもかも、とくらあ」

勝手なざわめきの中を、お行列が、やがて行き着いたのは、松平大和守上屋敷の正門前であった。

すでに、九郎兵衛老人が、威儀を正して、出迎えている。

「ご来駕かたじけのうござる」

乗物のわきにつき添った老女へ、いんぎんに挨拶しておいて、ひょいと首をつき出すと、

「姫様。お美しさが、ここまで、匂いまするぞ」

と、柄になくお世辞を言った。

老女は、能面のような無表情で、

「須藤殿」

と、じっと見すえて、

「大和守様には、まこと、姫君にお会い下されますのじゃな?」

と、訊ねた。

「ご念には、および申さぬ。この須藤九郎兵衛、皺腹にかけて、本日の首尾をお約束つかまつる!」

「では――」

乗物は邸内へ入った。

当時として、これは、破天荒の冒険というべきであった。

筑前四十七万石の領主の息女が押しかけ見合に、やって来たのである。

見合といっても、婚儀が成立するものときめての上でのことである。破談はゆるされない仕儀であった。もし、姫は、拒絶されたら黒田家へもどることは叶わぬのである。

恥をかいたからには、もはや、他家へ嫁ぐことはゆるされぬ。親戚の屋敷へでも身を寄せて、一生を独身ですごすよりほかはないであろう。

九郎兵衛老人は、姫の老女とはかって、とうとうこの冒険をやってのけて、遮二無二、主君を承知させようと計ったのである。

乗物が、大玄関に寄せられて、お小人が、履物をそろえて、引戸を、するするとひらいた。

すらりと立ちあらわれた姫の、白い花がひらいたばかりのような、美しい清らかな顔立ちを、ながめて、九郎兵衛老人は、満足げに、うなずいた。

――この姫を、殿が、お気に召さぬはずはない。

冴子という。

絢爛とか、妖艶とか、そんな人目をうばう美しさではなかった。

やさしく、﨟たけた、気品のある顔立ちであった。切れ長な、大きな目が、いきいきと輝いて、いかにも、初々しく、見ているだけで、こちらの心が、清らかに洗われるようであった。

にっこりして、

「よろしく、おとりなしを願いまする」

と、老人へ云いかけた。

もの怯じしない、はっきりした性質をもっているのであった。

「か、かしこまってござる」

老人は、姫から直接たのまれるや、いよいよ、おのが任務の重大さをおぼえて、われにもなく、老いの血が熱くなるのをおぼえた。

表書院に通った冴子のすがたは、いちだんと美しさをくわえたようにみえた。古びて、くすんだ、質素なたたずまいが、しっくりした調和をつくったからである。

床の間に活けられた山梔子の、清楚な花びらからただよう香気が、部屋に満ちて、いかにも、この美しい姫を迎えるに、ふさわしいのであった。

「大和守さまは、わたくしが、本日おうかがいいたしますのを、ご存じなかったのではありませぬか?」

冴子は、あかるく微笑みつつ、たずねた。

「い、いや――その……殿のことは、この爺めが、万事、心得て居りますればな――」

老人は苦しげに、こたえにならぬこたえをしておじぎをした。

かたわらにひかえた老女のおもてに、不安の色が浮いた。

「須藤殿、くどく申しますが、ほんとうに、大丈夫でございましょうね」

「ご懸念あるな。冴子さまを除いて、この世に、松平大和守の奥方になられるお方は、ござらぬ」

きっぱりと明言しつつも、老人のわきの下からは、冷汗が、流れた。

「よろしいのです。あまり、お年寄に、いのちがけになって頂かなくても――」

ふいに、冴子が、澄んだ声で、云ったものである。

「わたくしは、もし、大和守さまにきらわれたら、尼になって、くらしましょう」

なにごとでもなさそうに、顔には、微笑がつづけられていた。

暫時の猶予をねがって、書院を出た九郎兵衛老人は、その老軀に、こんなにもたくさん汗をたくわえていたか、とわれながら、おどろくばかり、ぐっしょりと、下着をしめらせていた。

――やれやれ！　姫は、ご聡明であらせられるわい。わしの目がねにかなうおかたじゃからのう。したが、おかげで、須藤九郎兵衛、生まれて八十年、かくまでに問答に窮したのは、はじめてじゃわい。重畳重畳。

長廊下を辿りながら、しきりに首をふっていた老人は、小走りにやって来る小姓をみとめて、たちまち、日頃の頑固面にもどった。

「なんじゃ？」

「はっ——」

廊下へ、べたっと坐った小姓は、当惑の色をあふらせて、

「あの、殿が……」

「殿がどうなされたぞい？」

「お姿が、お居間に、見、見えませぬ」

「たわけ！　あれほど、おそばから離れてはならぬと申しつけてあったではないか」

「申しわけございませぬ」

肩をふるわせて、平伏した。

老人は、大急ぎで、奥の間に入った。

ここで、主君に逃げ出されたら、一大事である。

「殿っ！　こりゃ　殿っ！」

そのむかし、幼かりし千太郎と鬼ごっこをして、追いまわした時のように、老人は、
叱咤声を、はりあげた。

「どこにかくれておいでじゃ！　出られませい！　卑怯千万でござるぞ！」

この時――。

千太郎は例の枯山の茶庭にある四阿で、あごと会っていたのである。

「……ふむ。すると、まだ、血祭は、大納言に、わたしの正体を告げては居らぬ模様なのだな」

「てまえの探索にあやまりなければ、いまだ、一橋卿は笛ふき天狗を別人と考えておいでてでございます」

「血祭は、わたしを暗殺して、おのれ一人の手柄にしようとの肚だな」

「御意――」

「おもしろい。むこうで、正面衝突をさけてくれるのなら、これは、ねがってもない……但し――」

千太郎は、急に、思慮深い表情になって、しばらく、沈黙を置いていた。

あごは、尊敬と信頼のまなざしを、主君の顔へあてて、あたらしい命令を待っている。

遠くから、

「殿っ！　……殿は何処でござる？」

九郎兵衛老人の大声が、ひびいて来た。

「あご、い、」

「はっ――」

「烏丸三位が、もし、こっそり江戸を発つ気配があったら、ただちに知らせてくれ」

「かしこまりました」

「もうひとつ。白河翁が、外出される時は、姿をかくして、警護にあたれ」

「かならず、お守り申上げます」

「お前自身も、充分気をつけることだな」

「てまえごときは……、それよりも、殿ご自身、くれぐれもお気をつけあそばしますよう――」

「ふふふ、この屋敷内も、そろそろ安全ではなくなったな、敵も忙しくなったが、こちらも忙しくなった。刺客どもを追いはらわねばならぬし、嫁もおしつけられそうだし……」

「殿！」

あごは、その長い顔をかがやかせて、

「奥方様をおむかえあそばしますか？」

「いかがしたものかな」

千太郎は、微笑をふくんで、

「九郎兵衛も、もう八十だから、こんどは、なかなかなことでは、ひきさがるまい」

「はあ？」

「いや、もう、花嫁は、書院に来て居るらしい」

「殿――。あごめからも、お願いつかまつります。何卒、奥方様をおむかえあそばしますよう――」

「その方まで、世間なみのことを期待いたすのか？」

「殿を存じあげる者で、これをのぞまぬ者は一人もございませぬ。ご聡明なる奥方様によって、お世継ぎがお生まれあそばしますれば、われら家臣は、あらたに未来の御主君への希望で、よろこびあふれまする。御名君をいただけば、それだけに欲も、いやます次第でございます」

「世継ぎが生まれたら、わしは、いつ死んでもかまわぬとなれば、もっと大胆に、笛ふき天狗を働かせることができるというわけか」

「そ、そういうわけではございませぬ。殿には、千載までの御長命を保って頂かねばなりませぬ。ただ……殿と奥方様とおならびあそばしたところを想像いたしますと、想像いたしただけで、なにやら、心が明るくなって参ります」

「あいて次第だな」

あっさりと云いすてて、千太郎は、腰をあげた。

「よいか、あご。要心の上にも要心して、身をうごかすがよい」

「有難うぞんじます」

あごをさきに消えさせておいて、千太郎は、茶庭から、白砂の平庭へ出て行った。

「お、おっ！　あ、あそこに雲がくれしてござったか。やれやれ――」

広縁上で、うろうろしていた九郎兵衛老人は、安堵の大きさで、思わずそこへ、ぺったりと坐りこんだ。

千太郎が、すたすたと近づいて来るや、いそいで顔中の皺かげへ、安堵の色をかくして、威厳をとりつくろうと、

「殿――」

と、呼んだ。

「花嫁候補は、到着したか」

千太郎は、けろりとした表情で、先手をうった。

うっ、とつまった老人は、急に、にやっと目を細めると、

「殿、お美しいおかたでござるぞ」

と、云った。

「眉目の美醜よりも、脳みその出来かげんは、どうだ?」

「しゃっ!　なんたるはしたない口のきかれ様じゃ。……殿、この爺がえらび申した姫君でござるぞ、お美しいご容子と同様、おん気質、ご教養に、非の一点うちどころはござらぬわい」

「十九歳と申していたな――」

「左様――」

「女房と茄子は若いがよい、か」

広縁にあがって、さっさと表書院へ行きかける主君を、老人はあわてて、

「殿――。お待ちなされい」

と、呼びとめた。

「なんだ」

「よろしゅうござるな。あいては、十九歳の、清純無垢の姫君でござるぞ。あまり、くだけた冗談など申されて、おびえさせたりなどなされるでないぞ」

「女房というものは、はじめにおどかしておくにかぎる、ときいたが――」

「ほどほどの手加減と申すものがござるぞい。どうも心配でならぬ。夜遊び癖がついて以来、市井の下俗な俚言を、ちょいちょい使われていかんわい」

「たとえば――八重一重、山もおぼろに薄化粧、十九娘は桜色、あらしに散らで、主さん逢うて、心が乱れてゆれて、恥ずかしいではないかいな、てなあんばいにな」

「殿っ！　あいては、筑前四十七万石の大守の息女でござるぞ！」

「他の藩主は知らず、この松平大和守は、貴賤貧富を問わず、すべて、人の世の相はこれをことごとく眺めて、以て、国を治め、身をおさめる糧とする。駕籠に乗る人、乗せる人、そのまた草履をつくる人、その表裏すべての世態を知らずして、なんの一国の主たり得ようぞ。その妻となる者もまた、同断――」

云いすてて、千太郎は、大股に広縁をあるいて行った。

表書院へ入った千太郎が、あかるい笑顔で、まず云ったのは、

「冴子どの、そなたは美しすぎますな」

その言葉であった。

すると、冴子も、微笑みながら、

「べつに、じぶんでは、そう思うては居りませぬ」

澄んだ声音で、はっきりとこたえた。

「いや、その美しさは、万人がみとめよう。ことわざに謂う。美女は生を断つ斧と申すが、そなた、もし松平家に嫁いだならば、はじめに、なにをのぞまれる？」

冴子は、その問いに、即座に、

「良人にしたがいまする」

「もしも、良人が正道をふみはずし、邪念の企てを行おうとしたらなんとする？」

「殿っ！　せっかちでござるぞい」

背後から、やきもきした九郎兵衛老人が、たしなめた。

千太郎は、しかし、耳をかさずに、

「こたえて頂こう」

と、うながした。

「わたくしは、そのようなよこしまなお心をお持ちの方には、嫁ぎませぬ」

冴子は、きっぱりとこたえた。

「おお――できた!」

老人は、満足そうに、大きく、うなずいた。

千太郎は、たたみかけて、

「この大和守を、終始正道をあやまたぬ人間と、きめられたのは、そなた一人の自信か? それとも、周囲の讃詞に乗せられてか?」

と、問い迫った。

「わたくし一人の胸で、きめたことでございます」

「なにを以て?」

「貴方様が、閣老の地位をおすてあそばしたと聞きおよびました時に――」

「政事が面倒になって、気ままなくらしがしたくなったからであろう、とも考えられた筈ですぞ」

「江戸城帝鑑の間、随一の俊髦とうたわれた貴方様が、故なくして、そのようなまねをなさいませぬ」

みごとに、冴子は、きりかえした。

「ふむ、ふむ！　あっぱれ――名器に添うる芙蓉の花じゃわい」

老人は、感服して、つぶやいた。

千太郎は、この時、ちらと、広縁の方へ、なにげなさそうな視線をくれたが、すぐに、冴子へ顔を向けなおして、おだやかに、

「冴子どの、成程、そなたは、聡明な姫とみえた。それだけに、その美しさを、危険にさらしたくはない」

その言葉のおわらぬうちに、平庭に据えられた高麗塔のかげから、ぶーん、とひと唸りして、冴子めがけて、一矢が飛び来った。

瞬間――。

千太郎の五体が、大きく躍った。

抜く手もみせず、その一矢を二つに切って落した千太郎は、

「こういう具合に、目下、松平家は、危険にさらされているということです」

にっこりと、冴子へ笑顔をのこすと、一気に広縁から、庭へ、跳んでいた。

その高麗塔は、十間のむこうに在った。

中間のなりをした曲者が、そのかげから、ぱっと出て、うしろの庭亭へ走り込もうとした時には、もう疾風を起した千太郎は、一間余まで、迫っていた。

「おい！　間者の覚悟は、事成らざれば一死あるのみ——」

と、きめつけておいて、脇差をさげたまま、無造作に、庭亭の方へ、まわった。

曲者は、陰惨に双眸を底光らせながら、木刀とみせかけた腰のものを、ぎらっと抜きはなった。

「わたしを狙って矢を射たのなら、見のがしてやらぬでもない。清らかな乙女の生命を奪わんとした卑劣は、ゆるせぬ。間者といえども、花を愛でるだけの風雅の心はあってよい筈だぞ」

「……」

「貴様の主人の血祭殿は、花を散らすのが趣味らしいから、上にならって、下もまた野暮にできて居るのだな」

脇差を、片手青眼にとって、じりじりと追いつめつつ、千太郎は、対手の身がまえがなみなみならぬものであるのをみとめて、鋭気の加わるのをおぼえた。

「殿っ！」

庭を駆けてくる侍臣たちの足音にまじって、九郎兵衛老人の大声がひびいた。

「そ、そやつを、それがしに、ま、まかされませい！」

大身の槍をかいこんだ老人は、高麗塔のそばまで駆けつけると、それを杖にして、ひとつ、大きく肩で呼吸しながらも、

「こりゃ――その方どもは、そこで見物いたせ。この須藤九郎兵衛が、むかし鍛えたる宝蔵院流高田派槍術の極意を、後学のために、みせてつかわす」

と、どなった。

侍臣たちは、互に顔を見あわせたが、いったん云い出したらテコでもきかぬ頑固爺さんのことなので、

「御老体、お見事な技を――」

「とざい東西」

「八十翁の武者ぶりは」

「青貝打ったる三間柄、大身の槍をひとしごき」

「胸突き八丁、九十九折」

「骨が折れても、槍くり算段」

などと、勝手なことを云った。

老人は、

「殿！　爺めに、さ、さ、まかされい」

と、槍を突き出していった。

千太郎は、九郎兵衛老人が、自分の脇に出て来て、曲者に槍をつきつけるや、苦笑して、身をしりぞけた。

「気をつけい、爺」

「なんの……精神は天の有なり、形骸は地の有なり、と申すぞい。これしきの邪道者に、まだ、おくれをとる須藤九郎兵衛ではござらぬ――さあ、参れ、鼠賊！」

大股にひらいて、ふんばった構えは、たしかに、八十の老軀ともみえぬ力強さだった。

曲者は、もはやのがれる余地をうしなって狂暴な形相で、どうせのことなら、このおいぼれを死出の途づれに——ときめたらしく、

「やあっ！」

と、殺気凄じく、一撃に出た。

「おーっ！」

こたえて、巻き落しの迅業をみせた老人の動きは、みごとであった。

侍臣たちは、目を見はった。

曲者は、あやうく、刀をとり落すのをまぬがれて、ぱっと、横跳びして、大上段にとった。

老人は、その胸へ、穂先を、ぴたっとつけて、

「観念せい！　迷わず成仏いたすように、あとで、阿弥陀に慈悲をねがってつかわす」

と、云った。

「くそっ！」

絶望と屈辱で、曲者は、じりりっと、間合をつめて来た。

千太郎は、曲者が、一颯で老人を仆すか、さもなければ、相討ちをはかっているな、

とみてとって、危険を感じた。

だっと、大きく一歩をふみ出して、曲者が、老人の手もとへとび込まんとした——その間髪をはずさず、千太郎の口から、

「えいっ！」

と、満身からの気合が発しられた。

はっと、ひるんだところを、老人が、

「やっ！」

と、一槍をくり出した。

穂先は、曲者の胸をつらぬいた。どどっとよろけた曲者から、老人は、槍をひきぬく力が失せて、

「こ、こりゃ、もがくな」

と、叫んだ。

やっと、槍をひきぬいたとたん、腰がくだけて、老人は、どしんとしりもちをついた。

侍臣がたすけおこそうとすると、邪険にはらいのけて、

「殿！」

と、にらみつけた。

「気合のご援助など、ご無用でござったぞ。あの世の御先君様への手柄話をだいなしになされたわい」

「あの世まで、わしの気合は、きこえなかったであろう」

千太郎は、ははは、とあかるく笑いすてた。

血と愛と

今宵も――。

その屋敷のその部屋から、琴の音が、ひく人の孤独のさびしさをそのままうつしたような哀しい調べを、しずかにつたえていた。

のこされたいのちを、それにこめて、その人は、いっそ、無心にかなでているのであったろうが……。

きく者の心には、堪えがたいまでの痛々しいものにひびいているのであった。

闇の廊下に立って、耳をかたむけているのは、黒柳新兵衛だったのである。

――おかや殿！　そなたも、公方の愛妾となりながら、幸せではなかったな。

沁々とした独語が、胸にあった。

とつぜん——。

琴の糸が、ぴ——ん、と切れる音がした。

それを不吉なものにきいた新兵衛は、もはや、ためらうことなく障子をひきあけた。

「どなたです!」

盲目のひと——お歌の方は、しずかに、とがめた。

「ゆえあって、名乗るのを遠慮いたす。……お迎えに参った」

「何処へ?」

「貴女のお娘御たちのところへです」

「え?」

「急いで頂かねばならん。人目についてもならぬ」

「わたくしの娘たちと申しますと……甲姫と、それから?」

「夕姫——旗本相馬修之進の娘として育てられて、由香と名づけられて居り申す」

「ふたりが、一緒にいるのですか?」

どのような場合にも、いささかも面に動揺の色をみせなかったこの婦人が、はじめて、おちつかない様子をしめした。

「貴女を待って居るのです。母である貴女にすがるよろこびに、胸をふくらませて居る」

「わ、わたくしは……」

おろおろと、見えぬ目を宙にさまよわせて、お歌の方は、声をつまらせた。

「なにを、ためらわれる？」

「……あ、あきらめて居りました。母と名のる日はないものとあきらめていたのに――もし、名乗りあってしまえば、もう、わたくしは、娘たちから離れることはできますまい。またひきはなされたら、わたくしは、いまのようなしずかな心ですごすことはできませぬ」

「母であるからには、娘たちと名のりあうのが、生きの身のさだめでござろう。そのために、心が狂おうと、それは、覚悟なさらねばならん！」

きめつけるように、新兵衛は、云った。

しばしの沈黙を置いてから、お歌の方は、立ちあがった。

「参りましょう。ご案内ねがいます」

新兵衛は、お歌の方の手をひいて、地下道を通りぬけて行った。

あごがとじこめられていた牢室の前を過ぎる際、新兵衛の胸中は、平静ではあり得なかった。

ゆくりなくも、二十年ぶりに、この女性とめぐり会ったのが、ここであった。

かつて、この女性を愛した新兵衛は、文武にはげむ、希望に燃えた若ざむらいであった。この女性が、将軍家の寵愛を受ける身となったと報らされて、新兵衛は、世をのろって、旗本の地位をすてたのであった。

もはや再びめぐり会おうなどとは、夢にだに考えなかったことである。

めぐり会うた時、こちらは、邪悪の徒党の走狗となって居り、あいては、世をすてた尼僧となっていた。

これが、神の皮肉なしわざとすれば、新兵衛は、むかしの想い人に、おのが正体をうちあけて、虚無の笑い声をはなってもなんのふしぎはなかったのだ。

それをしないのみか、その娘たちに会わせて、母子のなのりをさせようとはかっているのは、生涯にただ一人愛した女性に対する慕情が、いまだおのれの内にのこっていたことだと、新兵衛は、否定すべくもない。

「あの……もし……」

手をひかれていきつつ、ずうっと考えていたことを、お歌の方は、ふと、口にした。

「もしや、貴方様は、わたくしが、むかしお会いしたおひとではありませぬか」

「……」

新兵衛は、むっと口をひきむすんで、こたえなかった。

「なぜか、そのような気がいたします。大奥のお庭番でもつとめられたおひとであろうかと……」

「そういうことは、どちらでもよいことでござろう」

「は、はい。……ただ、なんとなく、そう存じましたので――おたずねしてわるかったのであれば、おゆるしねがいます」

それきり、言葉は、交わされなかった。

地下道は、隣りあわせた天徳寺の境内の南隅にある草庵に通じていた。

草庵からぬけ出ると、お歌の方をそこに待たせておいて、駕籠を呼びに行った。

やがて、新兵衛が、駕籠につき添って、境内を出て行った直後――。

草庵から、つぎつぎとあらわれたのは血祭組一統であった。

新兵衛の行動が軽率であったというよりも、血祭殿が、わざと新兵衛を泳がせておいたといえなくはない。

新兵衛が、甲姫をつれて行った報告が、戸辺森左内からもたらされていたからである。

それから一刻のち――。

お歌の方をのせた駕籠は、新兵衛にまもられて、両国橋を渡り、竪川に添うて、まっすぐに行った。

五つ半（九時）をまわっていて、この相生町の町家通りは、もう店の灯も大方消されて、通行人の影もすくなくなっていた。

十三夜の月が冴えて、地面を、霜でも降らせたように白く浮きたてている。

涼風が、隅田川から吹きぬけて来て、堀の水画に映った月影をくだいていた。

ふところ手で、ひょうひょうという形容がふさわしい歩行ぶりの新兵衛は、

「そこを、左へ――」

と、駕籠屋へ、一ツ目通りへ曲るように命じた。

この時、新兵衛は、はじめて、背すじに、びりりっとつたわる殺気をおぼえた。

——来たか？

鋭い直感であった。

べつに、尾けて来る足音が、耳に入ったわけではない。しかし、確実に、敵意を抱いた者たちが尾けて来ていると察知したのである。

それも、一人や三人ではない。

——よかろう。どうやら、おれの剣も、やっと死に花咲かせる時にめぐり会うらしい。

不敵に、冷静に、そう思った。

「おかた——」

新兵衛は、駕籠の中へ呼びかけた。

「はい」

「もうすぐでござる」

「このあたりは、本所ではありませぬか？」

盲人の的確なカンであった。

「左様——。その家は、南割下水にあり申す」

「すると……旗本の屋敷でありましょうか？」

「おかたは、きらら主水という男をご存じであろうか？」

「会って居ります。甲姫君をあずけました」

「お娘御たちは、そこに居られる」

「ああ、では、主水殿があずかって下さっているのですね」

「いや……主水は――」

と、云いかけて、新兵衛は、急に、はっとなった。

――もしや？

由香から、主水が一橋邸から重傷をうけたまま何処かへ消えたということを、きかされていたのである。

――主水のやつ、何処かで、一命をとりとめていてくれるとよいが……。

昨日までの敵に対して、この気づかいを起したのは、すでに、新兵衛が、虚無の冷酷をすてて、本来の武士の面目をとりもどしたことになるのであろうか。

道は、御竹蔵裏手の、さらに、ものさびしい場所に入った。

新兵衛は、後方にある追手の群が、足音がひびいて来るまでに、間隔をつめて来たのをさとっていた。

十数名はいるな。

とかぞえた。

――おれの剣が、はじめて、おれの心と一致して、働く。

新兵衛は、月下に、ひとり、にやりとした。

駕籠は、やがて、しずかに、きらら主水の荒屋敷に入った。

新兵衛は、門を入りがけにはじめて、後方をすかし見たが、そのまま、何事もなさそうな足どりで、駕籠をみちびいた。

甲姫をともなって来た時と同様、駕籠を庭へまわさせて、たれをあげると、

「おかた。着き申しました」

「忝けのう存じました」

「お娘御たちと会われたら、すぐに、この屋敷から立退かれたい」

「尾けて来ている人たちがありましたね」

お歌の方は、すでに、それに気がついていた。

「身を寄せられるあてはおありか？」

「白河楽翁殿にたのみまする」

「よろしい」

この時、縁側に、由香の姿があらわれた。

新兵衛は、じっと、由香へ、視線をあてると、

「由香さん、そなたの双肩に、母御と妹御が、かかった」

「はい――」

「急ぐがよい」

云いすてて、新兵衛は、もう踵をかえしていた。

由香は、深い感動をおさえて、月明りに、すっきりと浮きあがった尼僧姿を、まばたきもせずに、見まもっていたが、新兵衛の去ろうとするのに気づいて、

「あ――黒柳様」

と、呼びとめた。

「え？」

お歌の方が、ききとがめた。

「黒柳様？……あの、もしや……もしや、そこのおひと――」

はげしいおどろきを、全身にしめして、

「あ、あなた様は、く、く、黒柳新兵衛様か？」

と、おろおろと、声を乱した。

新兵衛は、ちょっと足をとめて、首をまわしたが、何かこたえようとして、また思いかえして、足早に、木立へかくれて立った。

「ああ！　……新兵衛様だったのか！」

お歌の方は、崩れるように、その場へ坐った。

由香が、あわてて、走り寄った。

およそ、十五六名をかぞえる黒衣の刺客陣が、音もなく、古門を入ろうとした——。

その前に、黒柳新兵衛もまた、音もなく、立ちふさがった。

無言の対峙が、数秒もつづいたろうか。

黒衣の群が、つと、動いた。

必殺の包囲陣形をとらんとするその動きにあわせて、一瞬、新兵衛の隻腕が、ぱっと袂をひるがえした。

月光を撥ねて、白閃がおどる。

呻きもたてず、正面の敵が、地に伏した。

血ぬれた一刀を、ダラリとさげた新兵衛は、すこしずつ、あとずさった。

「えいっ！」

あらたに正面に立った一人が、濛たる剣気をたちのぼらせる新兵衛の不気味さにひるまずに、一撃に出た。

が——、これもまた、黒い血煙りを、月明に散らして、泳いだ。

あっという間に、二人の味方を倒された血祭組は、しかし、いずれも自若として、みじんも動揺をしめさなかった。

いずれも、腕におぼえのある、隙のない身構えで、深い沈黙のうちに、新兵衛を、おしつつんでくる——。

もとより、新兵衛は、生きのびるのぞみはすてている。

ただ、お歌の方と二人の娘を、すこしでも遠くへおちのびさせる時間をかせごうとするものである。

そのために、この修羅場を、どれだけ長くもちこたえ得るか——おのれの剣を、可能のかぎり、ふるわんとする必死に、心身のいっさいをつくそうとしているのである。

刺客陣が、指揮もないのに、さっと大きく走り散ろうとしたせつな――。

新兵衛の五体が、おそろしい迅さで、ぱっとひるがえり……危機をのがれようとする野のけもののように、庭内へ駆け込んだのは、彼として、はじめて、わが生命をまもる思慮を働かせたからであった。

刺客たちは、猟犬の群が餌食を襲うように、それへ殺到していった。

新兵衛は玄関道と庭をへだてる内塀の露地口で、くるっと、向きなおりざま、

「しゃあっ！」

と、凄じい掛声もろとも、一颯のもとに、三人目を、あの世へ送った。

いかなる武家屋敷でも、露地口というものは、万一の敵の侵入に備える工夫がほどこされてある。

一木一草、灯籠、置石などの配置は、すべて、ただ一人でも、敵を防ぐに足りるように考慮されてあるものだ。

新兵衛が、この露地口を楯とするのは、あらかじめきめていたことだが、敵たちもまた当然、ここを突破するための攻撃方法を考えている筈であった。

「母上さま――」

庭口の凄じい気合と刃音をききつつ、由香は、扶け起した尼僧をそう呼んで。

——このおひとが、わたくしたちの生みの母！

じぶんに云いきかせつつも、これは実感に遠く、感動が湧きたつのは、時間をかけねばならないようであった。

二十年間、由香が、わが母と信じて来たのは、相馬修之進のつれあいのひとだったのである。

いまも、由香の心の中では、あのやさしいおもかげが生きている。この世にかけがえのない母であった。

だから、いま、この見知らぬ尼僧に、母上さま、と呼びかけることは、由香として、多分のためらいがあった。亡き母に対して、なにか、申しわけのないような気がした。

「そなたが、由香どの？」

お歌の方は、その手をにぎりしめて、問うた。

「はい——」

「ああ！」

胸にあふれた激しい感情を、お歌の方は、歎声にして吐いた。

――わたくしの生んだ子が……殺されてしまったと思っていた子が……この様に、すくすくと育っている！　わたくしを母と呼んでくれている！

浮世のすべてをあきらめて、もはや余生の身に、心の狂うあらしは吹くまいと思っていたこの婦人にとって、今宵の出来事は、あまりにも異常な衝撃だった。

――黒柳新兵衛様が、憎悪をすてて、わたくしを、娘たちにひきあわせて下さった！

このことだけで、お歌の方は、生きていてよかった、と思う。

あふれて来る泪を、ぬぐいもせず、お歌の方は、なかば、虚脱状態にいた。

月光にぬれたその顔を、由香は、一種の神々しいものに眺めながら、由香もまた、なぜか、遠い心に沈みかけた。

この時、

「お姉さま！」

と、縁側から、甲姫のかん高い声が、ひびいた。

はっ、とわれにかえった由香は、

「母上さま！　逃げなければなりませぬ！」

と、うながした。

「黒柳様のご厚志を無にしてはなりませぬ」

「ああ！　あの方は、斬死をなされるおつもりであろう」

お歌の方は、もう一度、新兵衛と言葉を交したかった。ひとことだけでいいから、詫びが云いたかった。

「ええいっ！」

「ややっ！」

「とおっ！」

吶号と吶号が、ぶっつかり、はじけて、月空に舞う……。

しかし、それは、威嚇であって、刺客陣は、じりじりと間合をつめながらも、剣鬼新丘衛に、まだ、一太刀もあびせてはいなかった。

新兵衛のとった位置に対して、一挙に、おしつつんで、数刃を加えることは不可能である以上、一人一人が打って出なければならないのであったが。

熟練の腕の所有者たちだけに、ぴたっと八相の構えをとった新兵衛が、おそるべき魔力をその刀身にたくわえていることが、あまりにも、あきらかだったのである。

打って出るのは、死を意味する。

しかし、修羅場というものは、その本質が、人間を、血に飢えた野獣と化さしめる狂暴をはらむ。

ついに——。

一人が、この対峙に苛立って、満身にみなぎった闘志を、爆発させた。

「くたばれっ！」

喚きざまに、真向から突進した。

このせつな——。

刺客たちは、月光を吸って、新兵衛の口が、白い歯をむくのを見た。ぞっとするような陰惨な業念の微笑だった。

——地獄への途づれに、一人でも多くをかぞえてやろう。

微笑は、それを意味していると読めた。

ぱっと、血煙りが立つ。

新兵衛の構えは、次の瞬間、もとの静止にかえっている。

味方の血汐をあびた攻撃群は、もはや、躊躇をすてた。

「とおーっ！」

また一人、斬り込んだ。

新兵衛のからだが、さっと沈む。

攻撃者は、打ち込んだ姿勢のまま、数秒を固着していたが、ゆっくりと前へのめり、草へ伏した。

「次は、どいつだっ！」

新兵衛は、八相をすてて、片手大上段にふりかぶると、吼えるごとく、あざけった。

「かっ！」

飛鳥の速度に、刃風をあわせて、新兵衛へぶっつかる。

「むっ！」

気合を噴かせもせずに、隻腕薙ぎ——。

躍った敵は、胴をふたつにされて、がくっと、膝を折る。

その者が地に匍わぬうちに、あらたな一刀が、新兵衛を襲った。

新兵衛は、大きく一歩すさって、

「しゃあっ！」

悪魔の形相と掛声で、宙を泳いで来た顔をざくろのように断ち割った。

とみた――一瞬、新兵衛の妖刀は、さらに次なる敵へむかって、切先をつきつけた。

だが――。

新兵衛の位置は、この剣戟の間に、われ知らず、一間をうしろに移っていた。

そして、もはや、一剣をもってしては、おしかえし得なかった。

すなわち、敵陣は、左右に開くかなりの余地を得た。

「ええいっ!」

咽喉をつんざいて、新手が、一閃を送り込んで来る隙に、三人あまりが、横あいへ躍っていた。

新兵衛は、体をひらいて、目にもとまらず、袈裟がけに、斬りすてつつ、さらに、一間をしりぞかざるを得なかった。

ついに――。

新兵衛の痩軀は、前方と両脇を白刃圏に入れられた。

この時――。

つかつかと門を入って来た、山岡頭巾の大兵の武士が、

「ふむ!」

と、修羅場へ目を置いて、ひくく、唸った。近づいて来ると、

「新兵衛、裏切った理由を、遺言にせい！」

と、鋭くあびせた。

「ふん――」

せせらわらって、新兵衛は、血にぬれた剣を、上段から、青眼に移した。

「きいて、無駄ならきかぬが、理由によっては、おぬしの腕を惜しんでやろう」

血祭殿は、おのが剛愎をしめす大声をあげた。

「人を見て、ものを云え！」

ひくく、冷たく、新兵衛は、はねかえした。

「ひねくれ者めが――、犬死するために、それだけの腕をきたえたか」

「犬死のおそれは、貴様の側に立っていた時のことだ。昨日までは、走狗となってくたばるをおそれたわ。いまは、黒柳新兵衛は、笑って死ぬ」

「よし！　血笑も、また、貴様にふさわしかろう」

血祭殿は、輩下にむかって、

「斬れ！」

と、叱咤した。

首領の出現は、一統をふるいたてた。

「や、や、や、やっ！」

三方から、刃風が、つむじのように唸りをたてた。

一颯と一颯の間の秒刻は、けしとんだ。

この時、由香は、お歌の方と甲姫の手を両手にしっかとにぎりしめて、裏手から、ぬけ出ていた。

ものの二町も走ると、横川へ出る。

中之橋に、船頭の溜り小屋があって、いつも、二三艘の猪牙が、用意されている。

かねて、主水は、いざという場合には、その猪牙で、逃げるように、由香に教えてあった。そこの船頭たちは、主水に心服していたし、江戸っ子の勇み肌は、こういう際には、役立つ筈であった。

——はやく！　はやく！

由香の心とからだは、火が燃えついたように、あせっていたが、なにしろ、いずれも、御殿の奥ふかくでくらした足弱たちであった。のみならず、盲人と白痴である。

ものの半町も走るあいだに、お歌の方は膝を折り、甲姫は、「主水のもどりを待っているのじゃ」とだだをこねた。

ようやく、橋たもとまで達したおり――。

宙を飛ぶに似た迅さで、追手が二三人、殺到して来た。

「あ、あっ！」

由香は、仰天して、小屋へむかって、帛を裂く声を送った。

とび出して来た船頭へ、

「ね、ねがいまする！　きらら主水さまの――」

と云いかけるや、のみこみ早く、

「合点でげす！　さ、はよう――」

と、馳せ寄って来た。

由香は、ふたりを船頭にあずけると、懐剣をぬきはなって、橋上に、きりりっと、優姿をかまえた。

「お嬢さん！　そ、そいつは、危ねえっ！」

船頭が、叫んだが、由香は動かなかった。

——わたくしの救い手には、主水さまがいる！　それから、笛ふき天狗も！

じぶんでふしぎなくらい、こういう危機に、ぴたりと覚悟がきまると、由香は、いっそ、あかるく心に自信が満ちて来る。

母と妹を遁せば、じぶん一個の生命は、どこへはこばれようと、何者にも犯されはしない、という信念が、胸に湧いている。

あわただしく猪牙がこぎ出される音をうしろにききつつ、由香は、数間前に迫った黒影たちへ、冴えた視線をあてていた。

「おっ！」

先頭の一人が、由香の姿をみとめて、声をあげた。

瞬間——。由香は、はっとなると、懐剣を流れへすてて、ぱっと身をひるがえして、猪牙と反対の方角へ走り出した。

——わたくしが、夕姫か、甲姫か、敵がたにわからなくしよう！

とっさに、その計略を思いきめたのである。

阿修羅——まさに、それだった。

白刃の檻に追い込まれて、狂いまわる猛獣のすがた――それともいえた。

剣鬼は、まさに、血の海の中を、右に泳ぎ、左へ泳いでいたのである。

五体の中には、すでに、血祭殿から撃ち込まれた短筒の弾丸が、三発も、食い入っていた。

ふつうのからだの所有者ならば、すでに、地にころがって、もがきすらも止めていたろう。

目はもはや、視力をうしなっていた。

耳からも、いっさいの音が遠のいていた。

にもかかわらず――。

「やああっ！」

驀進して来る者があれば、本能の働きが、それにあわせて、新兵衛の四肢を、ぱっとおどらせていた。

一人。また、一人。

血けむりを噴かせて、仆れてゆく。

――血祭めに、一太刀を――。

その意識のみが、新兵衛の脳裡にあった。

だが――。

人間の力は、いかに気魄を鬼神の炎と化しても、おのずから限りがある。

ついに、よろよろと、よろめいた新兵衛は、そのまま、松の幹へよりかかると、ずるずると、くずれ込もうとした。

正面に立った者が、これを、真向からたけ割にしてくれようと、残忍な笑いをあふらせて、大上段にとった。

じりりっ、と詰めて、

「くたばれっ！」

呶号しざま、ふりおろした。

すると――。

新兵衛の体中に、どうして、そんな鋭い神経と気力がのこっていたのか、

「うおっ！」

と、原始の野性そのままの咆号とともに、一剣を、突き出した。

「ぎゃっ！」

ぞんぶんに、胸いたをつらぬかれた対手が、大きくのけぞるや、新兵衛は、刀身を抜きとる力はなく、どどっと二三歩たたらをふんで、がくんと、膝をついた。

この時――。

「みな、ひけい」

と命じておいて、血祭殿が、のっそりと、新兵衛へ、近づいた。

「黒柳新兵衛、引導をわたしてつかわす」

傲然と云いはなって、腰の大刀を、ぎらりと鞘走らせた。

瞬間――。

新兵衛が、倒れた敵の胸から、血刀を抜きとって、ぴたっと青眼にかまえたのは、意識なき凄絶の反射作用といえたろう。

血祭殿は、徐々に、大刀を、上段に挙げた。

新兵衛は、見えぬまなこを、くゎっとみひらいた。

「南無！」

稀世の剣客に対する敬意をその一言にこめて、血祭殿は、大きく一歩をふんで、きえーっ、と白刃を唸りおろした。

左肩から、袈裟がけに、あばらを断って、黒い血の一線を、宙に引く——。

しかも、なお——。

新兵衛は、数秒間を、大地に、がっきと足をふまえていた。

どうっ、とその血まみれのからだが、朽木倒しにたおれた時、かたずをのんでいた刺客たちは、ひとしく、ほっと、ふかい溜息をもらした。

地べたに仰臥した新兵衛は、まなこをひらいたままだった。

見えぬ視線のなかに、ひとつの白いおもかげが、よぎった。

くちびるがわななき、血泡を湧かせつつ、にごった声を、もらした。

「……お、おかや、どの……」

その呼び声が、この世にのこす最後のものだった。

血祭殿は、刀身をぬぐって、鞘へおさめると、

「姫たちは、どうした?」

と、たずねた。

「追って居りまするが……」

血祭殿は、叱咤の声を、口のうちまでのぼせて、おさえた。

黒柳新兵衛が、刺客陣をはばんで、姫たちをのがしたのである。その豪剣とたたかうだけが、せい一杯であったことは、みとめねばならない。

血祭殿は、庭から、まわって、母屋の縁側へ腰をおろした。

荒れはてたまわりの夜景へ、口を移しながら、この時、血祭殿は、なぜともなく、うそ寒いものが、背すじをはいおりるのをおぼえた。

まだ、まぶたのうちにのこっている凄惨をきわめた新兵衛の最期が、ふと、血祭殿に、なんともいえぬイヤな、不吉な予感をおぼえさせた。

——このあたりを峠として、おれの運命も、下りにさしかかるのではないか？

あわてて、その予感をふりはらった時、二名の輩下たちが、姫のひとりの手を左右からおさえて、あらわれた。

龕灯に照らされたその美しい顔を、じっと睨みすえた血祭殿は、

「夕姫の方だな」

と、呟いて、にやりとした。

すると、捕えられた者は、急に身もだえして、

「無礼者たち！　さがれ、さがれ！」

と、叫んだ。

血祭殿は、眉をひそめた。

「甲姫か？　……一体、いずれだ？」

身代り行列

霖雨がつづき、それがあがった時、いつの間にか、空は、抜けるような秋の色だった。

盆提灯の毎夕の点火が終ると、日脚が急に短くなり、朝と夕に冷気が加わる。

江戸は、日々のどかに、仲秋名月を迎えた。

今宵が、それで——江戸中、武家寺社の別なく、工商おしなべて、団子をつくり、柿栗芋枝豆ぶどうを添えて、三方盆にうずたかく盛上げる。尾花秋草を花入に挿して、月にそなえる。

ちょうど、江戸でいちばん数多く祭られている八幡宮の祭礼でもあり、幟が立つところ、神楽太鼓の音がひびいている。

おかげで、街は、黄昏になるとどの通りも、あわただしく、うきうきした気分があふれている。

空に雲一片もなく、数年来の絶好の月見といえた。

ところが、ひとり、こんな陽気なんぞ面白くもなさそうに、ひどく、むっつりと、口をへの字に曲げて、腕ぐみしながら、宵の雑沓をぬって行く職人があった。

伊太吉であった。

江戸橋から照降町へぬける通りであった。

月の上るのが待ちきれず、一杯ひっかけて、いい機嫌になったやくざ態の男が、むこうからよろついて来て、伊太吉へ、どんとぶっつかった。

「ととっ、こん畜生！　なんでえ、てめえ、この十五夜に、不景気な仏頂面をしやがって——」

虫の居どころのわるい伊太吉は、いきなり、そいつをつきとばした。

「こっちの仏頂面より、てめえのどぶ酒の匂いで鼻が曲らあ」

「な、なにをっ、べらんめえ、やるかっ！」

いきなり、無職者は、ふところに呑んだ匕首をぬきはなった。

「けっ！　くそ溜野郎！　腕の一本もへし折ってやるか、こっちは、いらいらの、むしゃむしゃの、じりじりの、いい加減しんきくさくなっていたところだ。小博突うち一匹相手じゃ、溜飲を下げるまでにゃいかねえが、腹ごなしにはならあ。来やがれ」

「丸太棒め、くらやがれ！」

無職者は、一気にツッかけて来た。

そいつのきき腕をつかんだ伊太吉は、思いきり、地べたへ、たたきつけた。

すると、たちまち、どっとたかった野次馬の中から、

「やいっ！　おいらの兄弟分を、どうしようとぬかしやがるんだ！」

と、喚いて、さらに、三人ばかりの無職者が、とび出して来た。

伊太吉は、右側の米屋の店さきの荷車へ走り寄って、たてかけてある天秤棒をつかみとった。

「さあ、来い！　腐れいわし野郎ども！」

威勢よく、胸をはった伊太吉は、ほんとうに、こいつらの腕か脚を、たたき折ってやろうと、血を沸かせたものだった。

だが——。

無職者たちは、こうした喧嘩には、十分にコツを心得ていた。

正面の一人が、匕首をつき出してずかずかと、突き進んで来た。

「ぼけなすめ！」

思いきり、天秤棒をふりおろした伊太吉は、相手のすばやい身ごなしに、

——しまった！

と、思った瞬間は、地べたを思いきりぶんなぐっていて、両手がじーんとしびれた。

思わず、天秤棒をとりおとしたところを、腰を蹴られて、よろめいた。

そこを、足をすくわれて、ツンのめった。

あっという間に、両腕両脚をおさえつけられ、顔を、ぐいぐいと土へこすりつけられた。

ふーっ、と気が遠くなろうとしたとたん、どうしたのか、圧力が、嘘のように消え失せた。

——おや？

と、自由になった首をもちあげると、

「うわっ！」

「ぎゃっ！」

と、悲鳴が、つんざいた。

――はてな？

いぶかりつつ、のこのこと起きあがった伊太吉は、地べたにごろごろところがってい
る無職者たちを見出し、それから、一間むこうに、すっきりと立っている救い手をみと
めた。

「おっ！　こ、こりゃア――」

伊太吉は、目をパチクリさせた。

いつぞや、一橋邸から追われ大川にとび込んで、偶然はいあがった一艘の屋形船にい
た盗っ人――笛ふき天狗にまぎれもなかった。

紺の手拭いのかげの双眸が、あいかわらず、あかるく冴えている。

「この前は、河童だったが、今日は、土竜になるところだったな」

云うことも、あいかわらず、皮肉なものだった。

「親分――」

「は止してもらおう。ともかく、歩こうじゃないか。お互に、野次馬たちから顔をおぼ

えられるのは、おもしろくないからな」

すたすたと、急ぎ足になったが、びっこをひく伊太吉にとっては、息ぎれのする迅さだった。

酒井雅楽頭の裏手に出て、三ツ俣へ抜けた時、笛ふき天狗は足をゆるめてふりかえった。

「お前さんは、たしか、きらら主水と親しいんだったね？」

「それが、どうかしましたかい？」

伊太吉はまだ、きらら主水と由香を、一橋邸からにがしてくれたのが、この人物だとは知っていなかった。

「ひとつ、たのみがある。主水さんのところへ、使いをねがいたいんだが――」

「いけねえや、親分――じゃねえ、旦那。そのきらら主水が行方知れずと来てやがるんだ。おまけに、きらら旦那の奥方になるお嬢さんも天に翔《か》けたか、地にもぐったか――てえことになりゃ、いい加減むしゃくしゃの、いらいらで、喧嘩のひとつもやらかそうという了簡になるんでさ」

笛ふき天狗は、笑って、

「主水さんの居どころは、わかって居る」

「えっ！」

伊太吉は、かすり傷だらけの顔を、ぱっとかがやかせた。

「そ、そいつは、本当でござんすかい？」

「向島の諏訪明神の裏手に、伊勢屋という大質屋の寮がある」

「ま、まった！　わかった！　読めた！」

すっ頓狂な大声で、伊太吉は、叫んだ。

「お前さん、そこを知っているのか」

「知っている段かってんだ。伊勢屋の看板娘のお欣てえ、はねっかえりが、きらら旦那に、ぞっこん参りたてまつりやがって――あん畜生！　お欣もお欣なら、主水も主水だぞ！　由香様をおっぽり出しやがって、くそっ！」

「そう早合点しなさんな、主水さんは、大怪我のあげく、気をうしなっているところを、めぐりあわせで、その娘さんがたすけたらしい」

「冗談じゃねえや。きらら主水を看護する役目は、ちゃあんと、前世からきまっているんだ。由香様と申上げて、お欣なんぞとは、月とタドンほどちがわあ。どだい名前からしてちがってら。おくゆかしいの、ゆかだアな。ゆかりの花もなかなかに、って小唄だって、ここんところは、膝をそろえて、目をつむらなきゃ、三味線にのらねえやな。へん、お欣なんて、音がわりいや」

首をふった伊太吉は、

「おっと、そうなりゃ、こうしちゃいられねえんだ」

あわてて、駆け出そうとして、笛ふき天狗から、袖をつかまれた。

「まだ、用件を云ってないぜ」

「あ、そうだ。云ってくんねえ」

「主水さんに会ったらな、笛ふき天狗が、どうやらひとつ舞台で踊る時節が来たようだから、からだに自信があるなら、すぐおいでねがいたい、と云っていた、とつたえてもらおうか」

「合点――」

「ついでに、夕姫のことは、まかせておいてもらいたいと、つけ加えるのを忘れなさんな」

夕姫が由香、とは知らぬ伊太吉は、ふしぶしの痛みを忘れて、宵闇の中をすっ飛んだ。

陽が落ちようとして、つかの間の赤い明りを、風雅な庭に満たしていた。

きらら主水は、その中に、ひっそりとたたずんでいた。

かすかな秋風が、頬をなでる。

病みあがりの皮膚に、このしずかな夕暮れの空気は、この上もなく、心地いいものだった。

——いのちびろいをしたものだ。

主水は、右手を、目の高さにあげて、斜陽にあてた。

五指をまげて、力をこめてみる。

剣を把ることも可能である。

——生きていることは、いいものだな。

ふっと、沁々とそう思うのだ。

——明日あたり、わが家へ帰らねばなるまい。

お欣の、泪ぐましいまでの献身に、つい、うかうかと、この寮で、日をすごしてしまった。

由香は、どうしたろう、という気がかりは、絶えずあったが、お欣の心を知る以上、由香をここに呼ぶわけにもいかなかったし、笛ふき天狗が、由香を見まもっていてくれるであろうという安心感もあったのである。

孤独ですごして来たこの男の魂には、まだ、人間の運命というものを、流れるにまかせようとする冷やかな虚無がのこっているのであろう。

自分と由香は、いずれ必ずむすばれるであろう。それが、いつになるか——あせることはない。運命が、そうときまっていれば、自然に、互を歩み寄らせる。

そうした考えが、今日まで、主水を、のんびりと、ここで療養させていたといえる。

カラコロと、下駄の音が近づいて来た。

主水は、ふりかえらず、光をうしなってゆく夕空を仰いでいた。

うしろから、両手が、そっと肩に置かれ、やわらかな、あたたかい重みが、そっとよりかかって来た。

「好き……主水さまが好き！」

ちいさく、そう呟いた。

主水は、じっと、石像のように動かなかった。

「主水さまは、お欣がきらいではないでしょう？」

「……」

「ね、おこたえ下さいまし」

「……」

「もし、おきらいでなかったら——」

あとは、さすがに、娘の口からは、きり出しかねて、言葉のかわりに、ひたとおしつけたからだに、情熱的な、力をくわえた。

——ここらが、ひきあげの汐どきだな。

主水の方は、胸のうちで、はっきりと、自分に云いきかせていた。

「ね、主水さま——」

お欣の催促は、熱っぽく、しつっこかった。

主水は、やむなく、

「どういうものであろうかな、お欣さん、一樹の蔭に宿り、一河の流を渡るも、みなこれ先世の契とこそ聞け、かな」

と、云った。

お欣には、そんなむつかしいことわざが、なにを意味するのか、わからなかった。

「主水さまは、あたしを、おきらいじゃないんでしょう?」

「躓く石も縁の端、と申す」

「いじわる。あたしは、石ころなんですか」

お欣は、主水のからだをゆさぶった。

このおり――。

縁側から、

「お嬢さま――」

と、婆やが、呼んだ。

「大旦那さまが、おみえでございますよ」

お欣は、ちいさく舌うちしてから、主水のそばをはなれた。

主水は、そのまま、庭木戸の方へあるいて行った。

薄闇が、うしおのように、あたりをひたして来た。

名月の光が、下界をくまなく照らすのも、ほどなくであろう。

往還のむこうから、陽気な唄声が、とんで来た。

夕ぐれに
眺め見あかぬ隅田川
月に風情を待乳山
帆かけた船が
見ゆるぞえ

主水は、微笑して、とっとと駆けてくる黒い影へ、

「おい、伊太吉」

と、呼びかけた。

ぴたっと、足をとめた伊太吉は、ちょっとすかし見てから、袖まくりして、

「おう、おう、おうっ——旦那、いやさ、きららの旦那！」

「お前に、慍られるであろうと、覚悟していた」

「てやんでえ。慍らあ。かんかんの、きゅうれんすだ。頭から、湯気が、ぽっぽっと立ち昇ってらあ。……え、旦那、傷ものになったからといって、てめえのからだを、質屋へ置くこたあねえや。おめえさんが、質入れされている間に、由香さまは、また行方知れずになったじゃねえかよ！」

やっぱり、主水の姿を見るや、伊太吉は、むかっとして、かみつかずにはいられなかった。

「由香さんが、また敵に捕えられたというのか？」

さすがに、主水は、不安をおぼえた。

「お嬢さんは、おめえさんの帰りを待つといって、あのおんぼろ屋敷に行ったんだ。いじらしいや。けなげだアな、それを――こん畜生！　おめえさんは、こんなところで、のうのうとしてやがって、きらら剣法がきいてあきれらあ。おらあ、ここんところ、寝てもさめても――」

「いら立つ思い、逢わぬ先なら知らですむ、心ばかりが、エエ罪のもと、か」

「おきやがれ、まぜっかえそうたって、そうは、問屋がおろさねえんだ。さあ、さっさと、刀をとって来て、出て来てくんねえ。ぐずぐずしちゃいられねえんだ。笛ふき天狗も、呼んでいらあ」

「笛ふき天狗が呼んでいる？」

主水は、いぶかしげに、おうむがえしに、ききかえした。

「さっきね、あっしがむしゃくしゃまぎれに、小博突打ちどもと喧嘩をおっぱじめたところを、笛ふき天狗が、助っ人に出てくれてね。……おめえさんの居処を教えてくれて、こう伝えてくれ、と云ったんでさ。ええと、こういう口上でさ。笛ふき天狗が、どうやらひとつ舞台で踊る時節が来たようだから、からだに自信があるなら、すぐに、おいでねげえてえ——ってね」

「ふむ——」

主水の双眸が、夕闇のなかに光った。

「笛ふき天狗が、そう云ったか」

「たしかに……。旦那、あの男は、いってえ、何者でござんす？　あっしゃね。あの男が、大名みてえな恰好をしてやがるのを、市村座で見かけたおぼえがありやすぜ」

主水は、ひくく笑い声をもらしただけで、それにはこたえず、

「ちょっと、ここで待っていてくれ」

「へえ——」

伊太吉は、庭木戸から、ひきかえして行く主水を見おくって、

——会ってみると、なんだか、どうも、きらら旦那は、やっぱり、おいらの親分ってえ気がしやがらあ。男が男に惚れるってやつだアな。女なんぞにゃ、わからねえ心意気

だぜ、まったく。

伊太吉にも、なんとなく、これから、血気がわきたつ大騒動が起りそうな予感がした。

ものの、二三分も、垣根のわきにしゃがんでいたろうか。

すたすたと主水の出て来る足音がした。

——へん、お欣のやつ、あとで泣いたり、わめいたり、だぜ。

にやっとして、伊太吉は、立ちあがった。

主水は、往還へ出ると、腕を組んで、大股に急ぎはじめた。

「おっと、忘れていた。笛ふき天狗は、夕姫のことはまかせておいてくれ、と云ってましたぜ」

「そうであろうと思っていた」

主水は、前方をむいたまま、こたえた。

それから、小半刻のち——。

ずうっと月の夜道を歩きつづけたきらら主水の足が、はじめて、ぴたりと停められた。

宏壮な大名屋敷の門前であった。

「伊太吉――」

「へい――」

「ここで別れよう」

「え？」

伊太吉は、いぶかしげに、ぐるりを見わたして、

「ここって？　いってえ、どうなさるんで？」

「この屋敷に入る」

「旦那、笛ふき天狗が、まさか、この屋敷の――」

「そうさ、あるじだ。真正真銘の大名――さきの若年寄、松平大和守がその正体だ」

「あ、あん畜生！」

伊太吉は、仰天して、どもった。

「ぬ、ぬすっと、だなんて、ぬかしやがって――へええ、おどろいた！　天狗りけえる、ってこのことだ」

「どうやら、天狗のたのみは、いのちがけの荒わざらしい。やりそこなったら、十五万

石と心中だ。威勢はいいが、人間いちど死にぞこなうと、いのちは惜い。まアめったに、死なぬように心がけるから、首尾を待っているがいい」

「旦那、由香様の方は、どうなるんです？」

「由香は、またの名を夕姫という」

「な、なんですって！」

「すなわち、さきの将軍家の娘というわけだ」

「お、おどかしなさんな！」

「ついでだから、まとめておどかしてやるんだ。由香こと夕姫が、さらわれたのは、天子様のおきさきに据えられる趣向があるためだ」

「阿呆らしい。正気じゃきけねえや」

「そうだろう。正気の沙汰ではない。だから、笛ふき天狗とこのおれが、力をあわせて、その趣向を木ッ葉みじんにしてやろうというわけだ」

「へえ——」

伊太吉は、つるりと、顔をひとなでしてから、

「旦那、しち面倒くせえことは、すっとこ板前にゃわからねえ。ただね、おめえさんと

由香様が、晴れて祝言と相成ったら、この伊太吉が、一生一代の腕をふるって、御馳走を作ってごらんに入れるのを生甲斐にしているってえことを、くれぐれも忘れねえでおくんなさい」

「うむ、そいつは、こちらがたのもうと思っていたことだ」

「有難てえ。そのぶんじゃ、あっしどものところへ、無事にもどって来て下さらあ。庖丁をといで、待ってやすぜ」

この時、千太郎は、いつものごとく、茶庭の四阿で、あごの報告を受けていた。

三位烏丸卿が、いよいよ、五日後、江戸を発って、京へ帰るときまった、とあごはつきとめて来たのであった。

「そうか。これで、事は、早く片づきそうだな」

「殿――」

あごは、しかし、樹々の葉むらを縫って降る月光の中で、緊張の気色をしめして、

「敵がたが、当然、襲撃されることを予期いたしたとみえて、警衛に、公儀えりすぐりの庭番（隠密）たちを加える模様でございまする」

「そうなくてはなるまい。歯ごたえがあって、食いつき甲斐がある」

こともなげに、そう云ってのけて、笑う口に、歯が白くひかった。

「ところで、殿は、明後日、ご帰国とうけたまわりましたが――」

「うむ」

参覲交代の時節が来ていたのである。

「どうやら、こちらの行列も、安全ではあるまいな」

あごは、主君が、急に帰国の日をきめて、公儀へ届け出たことに、なにかの深い意図があるなと読んでいたが、どういう手が打たれようとするのか、そこまでは見透せないでいる。

「てまえ、これより、血祭組の動静でも見張ろうかと存じますが……」

「いや、その必要はあるまい。むこうで勝手に牙をむいてかかって参る。やはり、これまで通りに、烏丸三位の方を監視してもらおうか」

「かしこまりました。しかしながら、殿、お一人で、幾役もおつとまりなされましょうか?」

「その心配はいらぬ。ちょうどいい身代りが、今夜あたりたずねて来てくれる」

「あ――。きらら主水でございますか」

「うむ。あのおり助けておいたのが、役立とう」

「あの御仁ならば、目ざましい働きをみせてくれましょう」

主従は、顔見あわせて、微笑した。

ほどなく、まひるのように明るい平庭をゆっくりと、もどって来た千太郎は、ちょうど中央のあたりに来たとき、さっと小柄を抜きとって、七八間かなたの、小島みたての置石のかげへむかって、ひょーっと、投じた。

ひくい呻きをあげて、小者ていの曲者が、よろめき出ると、どさっと白砂へ俯っ伏した。

実は、幾人かの曲者が、入れかわって屋敷へ忍び込んでいることは、千太郎の疾くに察知しているところであった。

ただ、すてておいただけのことである。

しかし、今宵の曲者は、逃してはおけなかった。

千太郎が、居間に入ると、廊下にせかせかと足音がして、

「殿――」

と、九郎兵衛老人の、声が障子ごしにかけられた。

「なんだ?」

「浪人ていの胡乱者が、玄関に入って、殿のおまねきに応じた。と申して居るのでござるがの」

「きらら主水と名のったであろう」

「左様――」

「表書院へ通しておくがよい」

「殿は、まことにおまねきなされたのかい?」

「ああ、まねいたぞ」

老人は、ちょっと黙っていたが、咳ばらいして、

「爺めが引見いたしたところ、風態は怪しゅうござったがな、目が澄んで居り申したわい」

と、云った。

「品もある、腕も立つ。家臣の中に、比肩する者が居らぬ」

「ば、ばかな――それは過褒と申すものじゃが――まア、まずまず――」

あとは、ぶつぶつ呟きながら、去ろうとした。

「爺──」

　千太郎は、呼びとめた。

「庭に、いっぴき、鼠が死んで居る。片づけておいてくれぬか」

「鼠？」

　ちょっと、けげんそうにききかえしたが、すぐさま、

「しゃっ！　曲者めが、また忍び込み居り申したか！」

　と、大声を発した。

「さわぎにはいたすな。ねんごろに、とむらってやれ」

「殿が、しとめなされたのじゃな？」

「うむ──」

「すこしも気づかなんだとは、もうろくいたしたものじゃ。汗顔至極──」

　老人が、遠ざかって行くと、入れかわりに、次の間との仕切襖が、するするとあけられた。

　お茶をささげて入って来たのは、押しかけ花嫁候補の黒田家息女冴子であった。

「いっぷく、お召しあがり下さいませ」

作法正しく、千太郎の膝の前へすすめておいて、膝で両手を組み、すずやかなひとみを、じっとあてた。

「当家の居心地はいかがかな?」

千太郎は、楽茶碗をとりあげながら、微笑をふくんでたずねた。

「冴の幸せは、ここよりほかに得られぬ思いを、日々ふかめて居ります る」

冴子も、あでやかに微笑んで、こたえた。

「どうでも、わたしの女房に居直る肚だな」

「はい。死んでも——御当家より立去りませぬ」

冴子は、そう云いつつ、上気した頬を、両手でおさえた。

いかにも、あどけないしぐさにみえた。

千太郎の心中が、かすかに痛んだ。

——まきぞえにはしたくはないが……。

これからなそうとする大仕事は川越十五万石と、天秤にかけたはなれわざなのである。失敗すれば、十五万石はもとより、生命も危いのである。

「冴子殿——」

「はい」

「そなたは、かりに七十歳まで生きるとして、あと五十年ある」

「ございます」

「その五十年を有髪の尼として、孤独にすごすことを、ひとつ考えてもらいたい」

「どういう意味でございましょう？」

「わたしは、目下、三途の川が、そこに見えるような崖ぶちを渡って居る」

「うすうすは、想像いたして居りまする」

「そなたを尼にする率は高いな」

そう云いながらも、表情は明るいのであった。

「尼になりまする」

「かるがるしく誓わぬことだ」

「もののふの妻として、第一に覚悟すべきことではございませぬか」

「その聡明さを、尼ですごさせるのが惜しいというのだ」

「わたくしに、回向をさせるのはおいやでございますか？　……五十年経ちまして、あの世へ参りましても、決して、このお婆さんをもう一度妻にして賜れとは、おねがい申しませぬ。殿は、あの世で、お美しい方を、おもらいなさいませ。わたくしは、勝手に、殿の菩提をとむらわせて頂きまする」

「負けた！」

大きく叫んで、千太郎は、袴をはらって立ちあがった。

冴子は、つつましく、両手をつかえて、頭を下げた。

千太郎は、廊下へ出ようとしかけて、ふと、皮肉な微笑をつくると、ふりかえって、

「ところで、そなたを、女房にするときまれば、婚儀などは面倒だな。この大和守、当年三十八歳、女には飢えて居る。今夜にも、夫婦の交りをすませるこんたんになるかも知れぬが、それでもよいかな」

勿論、からかってみたのである。

ところが、冴子は、つぶらなひとみを、やくざな大名にあてて、まばたきもせず、こたえてみせた。

「お待ちいたして居ります。冴は、なにも知りませぬゆえ、やさしゅうお教え下さいませ」

こんどこそ、千太郎は、完全に兜をぬいだかたちであった。

きらら主水は、表書院で、この屋敷のあるじの出現を待ちながら、

——妙なめぐりあわせになったものだな、浮世をすねていたこのおれが、幕府の一大事に、首をつッ込むことになろうとは……。

そぞろな感慨を催していた。

主水は、いまだ、一橋治済の陰謀については、何も知らぬ。

ただ、由香という一人の武家娘を愛したことから、好むと好まざるとに拘らず、大きな勢力を敵にまわす運命にいたったのだ。由香を是が非でも必要とする敵の動静に、おそろしい陰謀の匂いがすると、かぎとったのである。

その全貌を、いまあらわれる松平大和守が、あきらかにしてくれるであろう。

やがて——。

足音が近づいた。

さらりと、襖がひらき、

「よく、みえた」

と、明るく笑った顔へ、主水はややこわばった無表情をあてて、目礼した。

「先般は、危急をおすくい下されて、深謝仕ります」

今日は、大名に対するあらたまった言葉をもってした。

「あれは、ことのついでであった。健康をとりもどして結構だ。もう、剣は使えるな?」

「いささか――」

二人は、思えば、これまで、まともな挨拶を交す場所では、一度も出会っていないのであった。はじめて顔を合わせた時は、否応ない決闘をくりひろげたことだし、二度目は、小えんをあいだにはさんで対抗意識を燃やしたことだし、三度目は、白河楽翁が隠宅前において、千太郎の方が白らばくれたし、四度目は、一橋邸における修羅場裡の対面であった。

いわば、今日はじめて、互にその素顔を向いあわせるわけであった。

千太郎は、じっと、主水を正視して、

「貴公のお父上は、検非違使別当姉小路忠房卿と申されたな」

と云った。

主水は、

――楽翁公からきいたのだな。

と、思った。

「いかにも左様です」

「母君は、綾野殿といわれて、京から江戸城本丸大奥に参って居られた」

「ききおよんで居ります」

「母君が、自らの手で、おのが生命を断たれたことは、承知であろう」

「風の便りで――」

こたえる主水の面上に、暗いかげが、ひと刷毛なでられた。

「その理由は、まだ貴公は知るまい」

「何卒、母の自害の真因をおきかせたまわりますよう――」

主水は、しずかに、願った。

千太郎は、しばしの沈黙を置いてから、やおら、口をきった。

「貴公を慕う由香殿が、甲姫君とともに、先の将軍家の御息女であることは、すでに承知であろう。また、大奥における双生児誕生についての、おろかな迷信も、ききおよびかと思う。一人を亡きものにするむざんの所為は、避け難いかとみえた。そして、その不幸なさだめが、夕姫すなわち由香殿に与えられた。その時の、夕姫の御乳の人が、貴公の母君綾野殿であった」

「……」

もとより、主水は、はじめてきかされる事実であった。にも拘らず、主水は、すこしもおどろかなかった。

——そうか、やっぱり、そうであったのか。

大きく合点する気持であった。由香を愛することが、なにか、目に見えぬ宿縁の糸でつながっているような予感が、ずっとあったからであろう。

主水は、かつて、由香の口から、養父相馬修之進が、経文をしるした白磁の玉をつねに肌身につけていた、ときかされた時、実は、自分も、それと全く同じ玉を持っていたので、ふしぎな偶然に、強い運命的なものを感じたものだった。

「綾野殿は、あまりに苛酷な命令に敢然と反逆する決意をされた。……ひそかに、禁裏へ、直書をたてまつり、英明の天子より、将軍家へ、御忠告をたまわるように、おねがいした。すなわち、夕姫君を、表面上は亡きものにしたことにして、ひそかに育てあげ、二十歳になったあかつきには、あらためて、親子対面のはこびにしては如何、という御忠告を、だ。天子は、綾野殿の乞いをお入れあそばして、将軍家へ、侍従をおつかわしになった。……綾野殿は、誰人にも知らさずに、夕姫君を、幕臣相馬修之進に預けられた。ところが、一方において、この秘密をさとった一部の中臈と若年寄が、公儀の掟を犯したのを不埒として、夕姫君を、なんとしても、亡きものにしようと、躍起となった。もちろん、綾野殿をとらえて、何処へかくしたか白状せよ、と執拗にせめたてたに相違ない。……綾野殿は、じぶん一人が生命を断てば、敵がたも、その追及を控えるであろうと思われた。そして、一夜、懐剣で、おのがのどを突いて、果てられた」

そこまで語って、千太郎は、そのけなげなりし烈女の霊に祈るように、まぶたをとじた。

主水は、呆然として、畳の一点へ、視線をおとして、身じろぎもしなかった。

それから、また、かなり、長い沈黙があった。

千太郎が、まぶたをひらいた時、主水も、視線をあげていた。

じっと、見あって、心と心のふれあう爽やかなひびきを、互に、胸にきいた。

「わたしは、貴公が、綾野殿の嫡子姉小路行房であることを、白河楽翁殿からきいて、奇しき偶然に、神の摂理を読んだ」

そういってから、千太郎は、懐中から、古金襴の巻物をとり出した。

「これは、相馬修之進の屋敷の庭から——槐の根かたより掘り出した品だ。これをひらけば、神の摂理たることが、判明しよう」
主水は、ちょっとためらったのち、手にして、巻紐を解いた。
するすると開いて、食い入るように凝視する——。
『其方儀、乳の人として守り育てたる女は、我らが血筋に相違なかるべし。生育のあかつきに於ては、時節を以て呼出すべし、対面後に於ては、あらためて、其方が子息行房にめあわすべし。後日の証拠の為、斯一書を遣わし置くもの也　依而如件
月　日
家治（印）
姉小路忠房妻綾野へ』
前将軍家治は、綾野の悲壮なる勇気を愛でて、夕姫を、その嫡子行房に与えると約束していたのである。
まさに、神の摂理というべきであった。
夕姫こと由香と、姉小路行房こときらら主水は、幼くして、許婚たることをきめられていたのであった。

その事実を知らずに、二人は知りあい、愛しあうようになったのである。

「わかったであろう。貴公のこれまでの働きは、神の命ずるところに従ったことだ」

千太郎は、それから、一橋治済を首魁とする、禁裏占領の陰謀を、主水に、くわしく説明した。

主水は、異常の緊張をもって、耳をかたむけた。

千太郎は、告げおわると、莞爾として、

「……かかる次第によって、貴公が、これからの活躍は、いわば、わが妻を伏見宮守仁親王に奪われまいとするためのものとなる」

と、云った。

主水は、あまりの感動で、容易に、こたえる声が出なかった。

ようやく、口をひらくや、日頃の主水の面目をとりもどして、

「てまえの方に、一番危険な仕事をおまかせねがいましょう。お話をうかがっているうちに、どうやら、てまえは、死神とは無縁の幸運児のような気がして参りました」

それから、中一日を置いて――。

今日も、気遠くなる程くっきりと澄みわたった秋空の下を、しずしずと、大名行列が進んで行く。

江戸の日本橋へ二里——川越街道の上板橋宿を出たあたりであった。

田畑を耕している百姓たちが、松並木を縫って、影絵のように静かに動いて行く行列を望み見て、

「あ——大和守様がおかえりじゃ」

「あいかわらず、質素な供ぞろいだの」

と、ささやきあった。

槍の鞘、箱の紋などで、すぐにそれがどこの殿様かわかるのであった。

大和守の仁政は、百姓たちの心からなる尊敬と感謝を受けていて、行列を眺めただけで、人人は、ほのぼのとした気持の安らぎをおぼえるのであった。

やがて——。

行列は、陽を受けて光る石神井川の流れに架った橋へさしかかった。

この橋を下頭橋という。

むかし、行脚の僧が来て、榎の杖をさしたておいたが、その後その杖に根が出て、

枝がのび、繁茂した。ところが、逆に立ててあったために、枝ぶりが、反対のかたちをしていたので、この名が起ったと伝えられている。幹の中が空洞で、白蛇が棲んでいる、という噂もあった。

その空洞のかげから、一挺の鉄砲の筒口がのぞいて、むこうから進んでくる行列の駕籠へむかって狙いつけられていた。

供頭が、橋を渡りきって、駕籠が、橋たもとへ来た。

とたん——。

だあん、と筒口が、火を噴いた。

白い硝煙が、空洞から、濛々と舞い立つとともに、撃たれた駕籠が、停められて、ぐらっと、ひと揺れすると、地べたへ置かれた。

供の人々が、口々に叫びながら、刀へ手をかけて、四方へ、目を配ったが、その様子には、しかし、すこしの狼狽もなかった。

三人ばかりの若侍たちが、

「曲者っ！」

「推参！」

と、叫んで、榎へむかって、走り寄った。

供頭は、鋭く、下頭橋に面した北側の権現社の杉木立へ、視線をすえていたが、

「出たぞっ！」

と、声を発した。

杉木立にひそんでいたのは、いずれも顔をつつんだ武士が十余名――秋陽に白刃をひらめかして、だだっと躍り出て来た。

供の人々も、一斉に、刀を抜きはなった。

街道上の旅人や、田畑の百姓たちは、仰天して、かたずをのんだ。

一瞬にして、平和な田園風景は血なまぐさい修羅場と化した。

それは、波濤に波濤が、激突する凄じさであった。

白い波飛沫に似て、白刃がひらめき、烈風のうなりのように、呶号が秋空をつらぬいた。

そして――。

供の人々は、たちまちに、斬りたてられて、うしおのようにあとへあとへとさがった。

襲撃陣が、いずれも、えりすぐられた腕前で、鉄環のようにしぶとい連繋をたもっていることが、兵法に無知な目撃者たちの目にも、はっきりとわかった。

「ちきしょうっ！　な、なんちゅうむごいことを……」

「ああっ！　ど、どうにかならんものかのう……」

百姓たちは、鍬をつかんで、助勢にかけつけたい衝動にかられた。

いや、事実、ついに、橋たもとに、駕籠だけがとりのこされて、供の人々が、ことごとく押しまくられてしまったのをみて、

「殿様が、殺されるっ！」

と、絶叫した一人の百姓は、われを忘れて、鍬をふりかざして、畦を走り出していた。

だが、次の瞬間――。

目撃者たちは、あっと、目をみはった。

いや、それよりも、襲撃陣自体が、大きく動揺を起して、その勢いを、ぴたっと、しずめてしまった。

とりのこされた駕籠から、ふらりと立ちあらわれたのは、松平大和守とは、似ても似

つかぬ、黒の着流しの浪人姿だったのである。

「おおっ！　貴様ッ！」

面をつきあわせた一人が、かっとまなじりを裂いて、驚愕の叫びを発した。

それに対して、にやりと皮肉な微笑をむくいて、

「左様、きらら主水が、先般の返礼をいたすべく、松平大和守の乗物を拝借して居ったということだ」

と、云った。

すらりと立ったその静止相から、濛として、剣気がただよう――。

「先般は、こちらが、盲蛇に怯じず、とび込んで、網にかかった。今日は、貴様たちが、網にかかったと覚悟するがいい。ところも、貴様たちにふさわしい下頭橋だ。こっちは、白蛇の精のつもりで、充分に踊ってみせてやる！」

颯爽として、一刀を抜きはなつや、

「最初の贄は、どいつだ！」

と、鋭気りんとして叱咤した。

それにあわせて、横あいから、地獄行を急いで、一人が、躍り込んだ。

きらっ！

陽光を弾いた。きらら剣法の迅業は、まず、そいつの胴から血煙りをまいたたせることから、たたかいを開始した。

天狗くずし

大久保氏十一万石の城下——小田原。
その東門江戸口を望む街道には、黄昏の冷風に追われて、今夜のねぐらをもとめる旅人の膝栗毛が、急ぐ……。
客をひろいそこねた乗掛駄馬の雲助が、やけくそな調子で、どなって行く。
ええ、こらやあ
お国は、大和の郡山
お高は、十と五万石
茶代がたった二百文、こちゃえ
人のわるいは、鍋島、薩摩

　　暮六つの七つ立ち、こちゃえ
　　銭は内藤豊後守
　袖から、ぼろが、さがり藤
「おい……あそこに、役人がいるぜ、兄い」

　追いこして行く旅人が、親切に注意すると、雲助は、目をむいて、

「なにをこきやがる、木ッ葉がこわくて、箱根が越せるけえ」

「なるほど」

「なるほどガ谷はもうすぎた。おう、旦那、明日の早発ちに、乗ってくれんけえ。三十文にまけとかあ」

「そうだの——」

「気のねえ返事をしやがるぜ」

「ふふふ……一夜明くれば、また気もかわる。花の盛りは、梅屋敷、初音ひと声うぐいすの、ほうほけきょうの約束は、あんまり、アテにはならぬぞえ、って」

　と、云ってふりかえった笠の下の顔を、ながめて、雲助の方が、びっくりした。

「けっ！　なんてえ長えあごをしてやがんだ。馬の方が、あっけらかんとしてやがら

あ」

　とっとと、江戸へ消えて行く旅人を見おくった雲助は、また、やけくその大声を出した。

　　雲井波間をかきわけて、とくらあ
　　小田原提灯と馬っ面
　　ぶらぶらの、どんぶらこ
　　うち寄す波は、大磯小磯、こちゃえ
　　平塚女郎衆のお手枕

　江戸口から、土産物を呼び売りしている新宿町を通りすぎたあごは、やがて、本陣の前に達した。

「ふん――」

　夕闇の中で、にやりとした。

　本陣には、幔幕が、はりめぐらされてある。

　これは、葵の紋である。

　将軍家の代参が、何処かへ出かけてゆくもの、とみせかけてある。

したがって、警戒は、ものものしい。

ゆっくりと、前を通りすぎたあごは、つと、小路に入ると、そこの白馬（居酒屋）の縄のれんをはねて、床几についた。

「さてと――」

笠をといて、長あごをなでる――。

それから、小半刻が、すぎた。

「もうそろそろ……到着の時刻だが――」

銚子を三本ばかり空けて、何者かを待ちうけていたあごは、とっぷりと暮れた表をのぞいてつぶやいた。

ものの数分もすぎたろうか。

旅人のかげもなくなった往還を、遠くから、早駕籠の、威勢のいい掛声が、ひびいて来た。

「お――来たぞ」

あごは、小銭を、台へなげておいて、すっと出た。

四枚駕籠が、箱根口の方から、いっさんにとんで来る――。

あご《ヽヽ》は、夕闇の中に、微笑して、待ちうけていて、

「しばらく――」

と、とどめた。

地べたにおろされて、たれがはねられた。

のぞいたのは、まだ若い武士で檐の掛行灯のあかりをあびた表情は、いきいきしたものだった。

「あごか《ヽヽ》――」

なつかしげに、白い歯をみせた。

「ご苦労でした。高岡殿。首尾は？」

「上々だ。ここにある」

ぽんと、胸をたたいてみせた武士は、

「大和守様は、江戸か？」

「いや、天狗に化けて、当地でござる」

「ふむ。あいかわらず、しゃれたお振舞いだな。おぬしのような堅物までが、影響をうけて、なんとなくアクぬけがして来たぞ」

「からかわれてはこまる。……では、たのみ申す」

「ひきうけた」

ふたたび、駕籠が、あげられた。

とび去るその影を見おくって、あごは、

「これで役目がすんでしまうとは、少々あっけがなさすぎる。余興がおこらぬものかな」

と、不敵なつぶやきをもらして、早足に、横丁へ消えて行った。

早駕籠が、到着したのは、本陣の門前であった。

警衛の士にむかって、駕籠の中から、

「禁裏御用」

と、叫んで、そのまま、大玄関へのりつけさせた武士は、すっと出で立った、りんとした大声で、

「京都所司代目付、禁中御附武家支配、高岡竜之進、ただいま、火急の用にて、到着つかまつった。三位烏丸卿に、御意得たい」

と、呼ばわった。

取次に出て来た用人が、

「御用むきを——」

と、うながすや、高岡竜之進は、昂然として、

「たわけっ！　禁裏の一大事を、貴様ごとき端下の口を借りて伝えられるかっ！　すみやかに取次げい！」

と、叱咤した。

やがて、上段の間つきの広間に、端坐した高岡竜之進は、ひとり、ひそかに、意味ありげな微笑をした。

どこからか——さして遠くない場所から、すずやかな笛の音がひびいて来たのである。

それは、松平大和守が、常に好んで奏す「胡蝶夢」という曲であった。

高岡竜之進は、江戸に在った時、南町奉行所の支配与力をしていたが、その頃、大和守と知合って、心服していた。

このたび、主命を奉じて京へ行ったあご
の依頼によって、現天子を退位せしめんとする陰謀を粉砕する壮挙に参加すべく誓ったのである。

そして、いまや、京都における高岡竜之進の活躍は、見事な成果をおさめていた。

烏丸卿が、入って来た。

挨拶がすむと、烏丸卿は、いぶかしげに、

「火急の用とは、なんじゃな？」

と、問うた。

「当方の用を申上げる前に、三位様に、一応おうかがいつかまつりたき儀がございます」

「……？」

烏丸卿は、ちらと、かすかなおびえた色をみせた。

竜之進の、毅然たる気合に、威圧されたのである。

「三位様が、このたび、出府あそばされたのは、伏見宮守仁親王と前将軍家ご息女甲姫様とのご縁組について、一橋治済様と御内談のことと、ききおよびましたが、左様に相違ございますまい」

「む――」

否やをいわさぬ、単刀直入の鋭さに、烏丸卿は、はねかえすことができなかった。

「されば――」

竜之進は、ぐっと胸をはった。

「三位様には、一橋卿にむかって、このご縁組について、すでに摂家中、九条、二条、一条の御三家は、すでにご承諾ずみ、とお告げなされましたろう？」

「い、いかにも……そ、そうに相違ないからじゃ」

「あとは、近衛、鷹司両家のご承諾を得れば、禁裏側にては、もはや、いつでも、甲姫君をお迎え出来ることと相成る。という次第で、三位様は、かるがるしく、一橋卿におうけあいなされましたな？」

「そ、それが如何いたした？」

烏丸卿は、目をいからせて、苛立たしく竜之進をにらみつけた。

竜之進は、ひややかにうす笑った。

それから、おもむろに、懐中から、一通の封書を、とり出した。

「これを、ごらん下さいますよう――三位様が京ご出発のあとで、五摂家には、あらためて、評定がございました。その結果が、これに、記されてございます」

封書をひらいて、一読するや、烏丸卿の顔面から、まったく血の気が失せた。

それは、伏見宮守仁親王と前将軍家息女甲姫との婚儀は、これを反対する書であった。

しかも、名をつらねているのは、関白、准三宮、太政大臣、左大臣、右大臣、親王、前関白、前左大臣、前右大臣、内大臣、前内大臣、准大臣、従一位、権大納言、前権大納言等、禁裏の公家は、すべて、網羅されているではないか。

しかも、近衛忠熙公は、特に、この一事は、古今に前例のない不祥の儀である故、すみやかに、幕府方において、取消すべきである、と添書きしていた。忠熙公は、元服に際して、天皇から御直筆で、忠熙の名をたまわった人である。摂家随一の権勢を誇っている。

烏丸卿にとっては、万事休す、であった。

――どうしたというのだ？

わからなかった、夢にも思わなかったことである。豹変というもおろかであった。

烏丸卿が、京を出発する時は、すくなくとも、九条、二条、一条の三家は、この婚儀に、全面的に賛同していたのである。就中、二条家は、第十五代康道公以下、代々将軍の猶子となり、将軍の名を一字もらうくらい、特別の関係のある公家であった。康道公の父関白昭実公は、天和元年の禁中ならびに公家衆法度に、家康、秀忠と連署している間柄であった。その二条家すらも、反対側に寝がえってしまったのである。

茫然自失している烏丸卿を、冷やかに眺め乍ら、所司代目付高岡竜之進は、あらため
て、威儀を正した。

「この旨、すみやかに、一橋卿にご報告なさいますよう、――一日おくれれば、それだ
け、貴方様のお立場は、不利に相成りますぞ」

「し、しかし……」

烏丸卿は、おろおろして、

「わしは、もう、甲姫君を、京へおつれしようとして……」

「ここまでともなっている、と仰せられる」

「そ、そうじゃ？」

するど、竜之進は、何を思ったか、はははは、と高笑いした
「その儀ならば、ご心配ご無用かと存ぜられます」

「な、なぜじゃ？」

「甲姫君は、申すもはばかることながら、生来、お脳の加減がわるく、まず知能程度

は、十歳以下――」

「な、なんじゃと?」

再度、烏丸卿は、色をうしなった。

「そ、そんな、バ、バカなっ!」

「真実でござる」

竜之進は、平然として、こたえた。

烏丸卿は、めまいがした。

それから、勃然として、憤怒を、おもてにみなぎらせた。

「わしは――わしの目は、節穴ではないぞ、わしは、この目で、甲姫君の聡明を、た、たしかめて居るぞ!」

「甲姫君が、白痴でないという証拠を、たしかに見とどけたと仰せられる?」

「さ、さようじゃ……断じて、まちがいはない。わしは、一橋殿の前で、たしかめて参ったぞ!」

「で――この本陣にともなわれた姫も、同一人とお信じになられますか?」

「お、お、おかしなことを申すではないか、同一人にあらずして、何人ぞや!」

竜之進は、ふふふと、ふくみ笑いをしてから、

「拙者の役目は、これで終り申した。……では、禁裏評決の儀、しかと、公儀へおつたえ下さいまするよう――」

袴をはらって、立ちあがった。

「ま、まて――」

烏丸卿は、あわてて、手をあげて、とどめた。

「ま、まだ、よいではないか。相談もある。な、いましばらく、いてもらぬか」

「相談と申されるのは、ご自身の立場を安全にするには、いかがいたせばよいかということでござろうか。それは、ご自身ではかられるが一番――」

ひややかに云いすてて、竜之進は、さっさと出て行ってしまった。

烏丸卿は、しばし、茫然と自失していたが、急に、そわそわして、奥へ入った。

声もかけずに、とある一室の襖をひきあけた烏丸卿は、そこに、端然とすわっている
臈たけた美しい姫君を、食いつくように見すえた。

「あなたは、まことの甲姫か？」

「……」

姫は、こたえず、すずやかなひとみを、夜の中庭へなげて身じろぎもせぬ。

「まことの甲姫君かと問うて居るのですぞ！」

いら立って、かみつくように烏丸卿は、どなった。

姫は、やおら、視線をかえして、

「にせものだ、と仰せられますか？」

「ただいま、甲姫君は、生来、脳の加減がわるく、知能は、十歳以下、と申した者が居る」

これを聞くと、姫君は、

「ほほほほ……」

と、ひくい笑い声をもらした。

「それだけではない。あなたが、同一人かどうか、疑わしいとまで云いのこし居った。……あらためて、あなたが、真実、甲姫君である証拠を見せてもらわねばなりませんぞ！」

烏丸卿は、威丈高になって、叫んだ。

「横笛を、おきかせ願おう」

このまえ、一橋邸において、甲姫の知能をテストするために、その趣味をきいて、所望した烏丸卿であった。

同一人であれば、今日も、あの日と同じように、美しい曲を奏することができるはずである。

姫は、顔を伏せた。

そのすがたぜんたいに、ありありと、当惑がにじみ出た。

烏丸卿は、不安に駆られるとともに、残忍性をかりたてられた。

「さア、おきかせ願おう」

「気分がすぐれませせぬゆえ——」

姫は、こばんだ。よわよわしい声音だった。

「常の時ならば、気分がすぐれぬ、ですむかも存ぜぬが、いまは、あなたご自身が、甲姫たるあかしをたてなければならぬのですぞ」

そうきめつけて、烏丸卿は、二月堂に近づいて、その上に置かれた鈴を鳴らした。

侍女があらわれて、手をつかえるや、屏風をひきまわして、舞台をつくるように命じた。

姫は、膝で手を組んで、じっと俯向いたままだった。

膝の前には、一管の横笛が、置かれた。

屏風のむこう側で、

「いざ——吹かれるがよい」

と、烏丸卿の声が、うながした。

姫——由香は、まさに、絶体絶命の窮地に追いこまれたかたちであった。

あの日は、すでに、笛ふき天狗との相談ができていた。不安はあったが、期待もあった。

いまは——。

この本陣内に、笛ふき天狗が、出現して救いの手をのべてくれようとは、到底考えられなかった。

尤も、由香は、ふたたび捕われの身となってから一度、ひそかに、笛ふき天狗からの連絡を受けていた。

『安んじて、敵の命ずるままに、したがわれたし。ただ、甲姫たるか夕姫たるか——その疑いを敵の心中にのこしておくように、おふるまいあれ』

この姿なき後楯がついていると信じたからこそ、由香は、あやつり人形のように、つれられるままに、この小田原まで駕籠ではこばれて来るにまかせたのであった。

それにしても、たったいま、笛ふき天狗が、烏丸卿の所望にこたえてくれるものであろうか？

「姫っ！　なにを愚図愚図して居られる！」

烏丸卿は、かみつくように、せきたてた。

しかも、なお――幾秒かの静寂がつづいた。

「姫っ！　吹かれぬならば、贋ものとみなしますぞ！」

烏丸卿は、膝をたたいて、脅しつけた。

と――。

まず、美しく澄んだひと吹きの音色が、湖面をわたる小波のように、屏風のかげから、流れ出た。

烏丸卿は、息をのんだ。

公卿であるからには、そのひと吹きの音色をきいただけで、それがどれほどの吹き手であるか、すぐにさとるだけの耳を所有している。

玄妙、というに足りた。

序調はあえかな幻の哀しさをたたえ、破調は生命の血汐のほとばしる狂おしさをおどらし、急調は嵐の吹きすさぶ凄絶の迫力をみなぎらせ……りょうりょうたるしらべは、本陣内を圧した。

烏丸卿は、これまで、かくもすばらしい曲をきいたことがなかった。

もはや、姫が、甲姫か否かを疑うことなど通り越して、いったい、若い女の朱唇と繊手が、こうもおどろくべき神秘な音声を出し得るものであろうか、と唖然たるばかりであった。

烏丸卿は、首をたれて、しだいに、敬虔な祈りをこめるように、ふしぎな心境にひき入れられていった。

ちょうど、このおり――。

江戸口から、まっしぐらに、埃をまいて、駆け入って来ていた三騎があったが、その先頭の者が、急に、たづなをひいて、

「あれは？」

と、山岡頭巾のかげの大きな双眼を、光らせた。

血祭殿に、まぎれもなかった。

遠く——秋の夜空を渡るその玄妙の笛の音を、ききわけたのである。

あとの二騎は、どうして、首領が、駒をとめたのか、不審にかられて、

「何事でございます？」

と、自分たちの不明をあせった。

「ふむ——天狗め、あらわれ居ったぞ！」

血祭殿は、吐き出すように云った。

実は、血祭殿は、その予感がして、急遽、江戸から疾駆して来たのであった。

白河楽翁から、昨日の夕刻、一橋治済宛に、一書が、届いたのである。

『偶然のことから、当家に、二十年前すでにお亡くなりになっていたと信じられていた夕姫君が、美しく生育されたお姿をおみせになった。もとより、まことの夕姫君かどうかは、こん後の調べを俟たねばならないが、とりあえず、ご一報申上げておく』

という意味の文面であった。

——さては、烏丸卿が、ともなったのは、甲姫の方であったか！

一橋側は愕然となったのである。

再び捕えた姫が、甲姫か夕姫か、いずれともきめかねる疑いは、きらら主水の屋敷において、すでに、血祭殿を、狼狽させていたのである。

たしかに、由香は、一橋邸の面々を疑いつづけさせる巧みな演技をやっていたのである。

——大和守め、たくらみ居ったな！

血祭殿は、凄じい闘志で、全身が疼くばかりに、くゎっと熱した。

ふりかえって、輩下に、

「手練者は、幾名添えてある？」

と、訊ねた。

「二十名ばかりかと存じます」

「足らぬ！」

「は？」

「敵は魔性といえるまでの技をつかうわ！」

「敵と申しますと？　あっ！　あの笛ふき天狗！」

輩下たちは、愕然となった。首領をして、かくまでに平静を失わしめるのは、その人物を措いてほかにはない。

血祭殿は、馬をあおって、矢のように、街道をとんだ。

この時、本陣では——。

玄妙の曲は、微風が絶えて、湖面がきよらかに澄みわたるように、吹きおさめられていた。

烏丸卿は、夢からさめたように、顔をあげた。

全身が、ながい泳ぎを終えたように、しっとりと疲れていた。

「その曲は、なんというのであろうか?」

屏風のむこうへ、問うてみた。

すると——。

「天狗くずし」

そうこたえる声は、さわやかな男性のものであった。

烏丸卿は、あっとなった。

次の瞬間——。

烏丸卿は、自分が、笛の音に恍惚となったおかげで、妖しい狂気の世界にさまよい込んでしまったような錯覚をおぼえた。

それは、錯覚をおこした方が、当然であった。

屏風の上に、ふわっと、とびあがって、鳥のようにとまったのは、まさしく、巨大な鼻をつき出した朱面の天狗だったのである。

白衣白袴の、神秘の雰囲気をただよわせて、

「いかに、烏丸三位卿――」

と、呼びかけた。

「……」

烏丸卿は、舌がもつれて、声がつまった。

ひらりと、畳へ降りたった天狗は、端坐するや、

「私欲に目くらんだ罪を、このあたりでざんげなさるがよかろう」

と、云った。

陶酔の境から、一挙に、奈落へつき落された衝撃で、烏丸卿の脳裡は、しだいにうつろになった。

「しっかりなさらぬか。三位のくらいを有つお人が、なさけないではありませんか」

天狗の面のかげに、あかるい笑いがあるような声音であった。

「貴、貴殿、ど、どなたじゃ？」

「先般すでにお目にかかって居る。笛ふき天狗と申す」

「では……一橋の屋敷で、笛をふいたのも――？」

「左様。てまえでありましたな。みごとに、たぶらかされて、お気の毒でした。もっとも、こちらは天狗だから、人間をだます術は心得て居る。貴方が、間抜けていたわけではなく、こちらの手柄にさせて頂く」

「あ、あの娘は……そ、それでは、甲姫君ではなかったのか？」

「甲姫君なら、貴方は、ここまでともなわれなかった筈です。高岡竜之進がお教えいたした通り、生来智能がひくく、到底、親王の妃となるおかたにあらず――」

「それでは、一橋卿は、それがしを、だましたのか！」

「悔いは、すみやかなるをよしとします。なまじの私欲が、身をあやまらせる。公卿は公卿らしく、笛の音にでもききほれていた方が無難でしょう」

「貴殿、まことの素姓を教えて下さらぬか」

烏丸卿は、膝をのり出して、血走らせた眼光を食いつけた。

しかし、天狗は、それにこたえず、

「贋甲姫君をおつれになって、江戸城へひきかえされるがよろしかろう。禁中の議決書という武器もあることとです」

と、云って、すっと、立った。

烏丸卿は、もはや見栄も外聞もなく、狼狽を、満面にあふらせて、

「おねがいじゃ！　貴殿も、一緒に行ってたもらぬか！　貴殿は、か、かならず、名のある御仁に相違あるまい。江戸城へ一緒に――」

膝ですすんで、すがりついた。

天狗は、かるく、つかまれた袖をはらいのけた。

「人それぞれ、なすべき立場がありますぞ！　貴方は、おのれのなした罪を、おのれの力でつぐなわれるべきだ……てまえの方は、蔭から襲って来る暴力をはねかえす役目を持って居る」

「暴力？　そ、それは――？」

「貴方は、実は、一橋卿にあやつられたデクノボウにすぎぬ。貴方の行列を護衛してい

る手輩が、状勢一変すれば、貴方にむかって牙をむく虎狼の徒であることをおぼえておかれるがよい」

白装孤影の笛ふき天狗は、影のごとくに、すすっ、と襖へ寄って手をかけた。

その利那——。

ぱっと、ひくく身を沈めた。

同時に、凄じい銃声が、鳴りひびいた。

たったいままで、天狗がかくれていた屏風のかげから、銃口が、火を吹いたのである。

次の一瞬——。

氷をすべるように、天狗の五体は、畳を奔って、

「ええいっ！」

と、気合もろとも、屏風をはすかいに切り裂いていた。

烏丸卿は、同じ位置で、完全に腰を抜かしていた。

絶鳴とともに、狙撃者は、屏風の一端をわし掴みにして、どうっと倒れ伏した。

その時、すでに、天狗の白影は、広縁に出ていた。

凄絶なる血闘は、まず、機先を制す天狗の一閃によって、火ぶたをきった。

すっくと、広縁上に立った天狗は、ずうっと、宵の闇の中に殺気をみなぎらせた敵陣を見渡した。

――二十名あまりだな。

そう見てとった。

ゆっくりと、白刃を、陰の構えにとって、横すべりに、三歩あまり、位置を移す――。

「やああっ！」

背後の襖をつらぬいて、一槍が、びゅっと襲い来った。

ふりかえりもせず、片手薙ぎに、そのけらくびを刎ねとばす――。

けらくびは、二間を舞って、縁板へ、ぐさと、突き立った。

ツツツ……と、二名の覆面士が、右方から追って来た。

すると――。

当然、左方へむかって身をひるがえすと思った天狗が、いきなり、さっと攻撃者たちへむかって、青眼にとったとみるや、疾風をおこして、突進したのである。

あっという間に、天狗は、その刃ぶすまを、突破していた。

と——もう、そこには、攻撃者たちが、一人は、だだっと障子へぶっつかっていたし、もう一人はたたらをふんで、のめり込んでいた。天狗自身は、川面をかすめる飛燕の迅さで広縁から、庭へとんでいた。

「出たぞっ！」

「一挙に打てっ！」

鯨波をあげて、植込みや灯籠や建物の蔭から、一斉に、隠密団がおどり出た。

その殺到ぶりは、あたかも、飢えた狼の群が、餌食を襲うに似ていた。

しかも、なお——。

天狗は、その面をはずさずに、芝生の中央に、ぴたっと、下段にかまえて、自若として、待つ——。

隠密団は、非常な迅さと、見事な脈絡をとって、さっと円陣をかたどった。

敵がたに、充分に、有利の地歩を占めさせたのは、天狗におそるべき自信がある証拠であったろう。とともに、敵がたをして、たかが一人、と心おごらせる兵略であったともいえる。

じりっ、じりっと白刃の円がちぢまる。

自若の静止は、つづく――。

と――。

天狗の一剣が、すうと、中段にあげられた。

さそいと知りつつ、正面の敵が、

「かっ！」

豪刀の一撃に、満身の気合をこめて、大地を蹴った。

しかし、刃風が宙に鳴る音のむなしさに、しまった、とほぞをかんだ時には、もう、おのれの胴に灼けつくような衝撃をうけていた。

のみならず、まったく同時に、背後にあって大上段にかまえて、一颯の唸りを生まんとしていた者も、咽喉から、びゅっと血煙りを噴かせて、のけぞっていたのであった。

建物から灯は流れ出ているとはいえ、すばらしい天狗の跳躍は、ほとんど目にもとまらなかった。

他の者たちが、はっと、目を据えたおりには、すでに、その白装孤影は、静止相にかえっていたのである。

「うぬがっ！」

味方の血汐をあびて、狂気の猛獣と化した三四人が、円陣の脈絡を、自ら断ちきって、だだっ、とすべり出た。

「しゃあっ！」

大気を搏つ刃音とともに、同時に、二個の影が左右から天狗にぶっつかった。

とみた――次の刹那には、二本の刀は、空に舞いあがり、猛獣は地獄に落ちる断末魔の呻きを、ながくふるわせた。

そして、また、天狗は、もとの静けさを、悽愴の姿にとりもどしている――。

とうてい、肉眼ではとらえ得ぬ五体と剣の、一如の働きは、ようやく、隠密団の心底を寒からしめた。

おそろしい沈黙の固着状態が来た。

ふと、面のかげから、さわやかな声がひびいた。

「隠密なら、生命を借しめとは云わぬ。ただ、たたかう無駄を知れ！」

血祭殿とその輩下二名が、この本陣の玄関へ、奔馬を乗りつけたのは、この時であった。

すでに、庭上の血闘のひびきは、血祭殿の耳にとどいていた。

「うぬっ！　化け天狗め！」

一気に庭木戸を蹴あげて、植込みをくぐり抜け、犬走りから、五輪塔のわきにおどり出た時――。

また一人が、

「ええいっ！」

と、気合すさまじく、夜気を裂いた刀を、水平でぴたっと停止したせつな、下段にかまえている天狗の姿を見てとって、

「松平大和守っ！」

と、その叱咤が、血祭殿の口から、ほとばしった。

天狗は、耳もないごとく、当面の敵を、じりじりと押していたが、一瞬、

「南無！」

と、祈りざまに、袈裟がけに、水もとまらぬ鮮かさで、斬り伏せておいて、すっくと、血祭殿に、むかい立った。

血祭殿は、眼光を火焔と化して、はったと睨みつけた。

「正体をあらわせ、松平大和守っ！」

それにこたえて、天狗はしずかに、その面をはずした。

「血祭殿——などというこけおどかしな名を、ついでに、戒名にしてはいかがだ？」

夜目にも白い歯をみせて、にっこりした不敵さ——。

「ほざくなっ！　夜な夜な、公方様御親父のお屋敷を跳梁した盗賊が、さきの若年寄、川越城主松平大和守と判明したからには、もはや容赦はせぬぞ！　おのれこそ、この場所を終焉の地と思いさだめて、念仏をとなえろ！」

云いはなって、大刀を抜きはなつや、中段高めのくらいに、ぴたっとつけた。

「おしいかな、その抜群の腕前で、邪剣をふるうとは！」

千太郎は、あわれむように、さわやかな声を投げた。

「問答無用っ！」

一寸きざみに、血祭殿は、間合を詰め乍ら、この瞬間、ふっと、脳裡に、あの黒柳新兵衛の、惨たる血まみれの最期のさまを、ちらと、横切らせていた。

——不吉！

大急ぎで、ふりはらったが、もはや、水のように冷やかな心気は、微かな乱れをまねいていた。

千太郎は、押されるにまかせるがごとく、あとへさがった。

背後の一人が、上段にふりかぶるや、血祭殿は、流石に首領の貫禄をしめして、

「手出しはならぬ！」

と、叫んだ。

剣気と剣気が、宙を奔って、庭上すべての生きものは——人間も樹木も、その悽愴の気配に威圧されてしまった。

対峙する二本の白刃の中に、天地は凝聚されたかの観があった。

たたかう両者は、その五体を、真空のうちに置いて、微動もせぬ。

と——。

血祭殿の大剣が、浮子のようにぴくっと切先をうごかした。そして、徐々に、その位置を、上段に移しはじめた。

千太郎は、そのうごきを、水のように澄んだ双眼に映している。

完全に、血祭殿が、大上段にとったせつな——静寂は破れた。

「やあっ！」

「とーっ！」

満身の気合と、全生命の闘志が、虚空をつんざいて、炸裂した。

血祭は、見た。

千太郎の頸根から、一条の黒い血汐が噴いて、月空へ飛ぶのを――。

しかし、これは血祭殿が、この世にのこす、さいごの誇りによる錯覚にすぎなかった。

千太郎が、血祭殿の横なぐりの一閃を、ひくく身を沈めて、かわした一瞬、項にさしていた横笛が、ひらっと飛んだのである。

次に来た静寂の中に、血祭殿は、がっきと大地に両足をふまえて、胸をはっていた。

千太郎の方はすでに、二間を斜横にすべって、五輪塔のわきに、すらりと立っていた。

しかし、血祭殿の、くゎっとひきむかれた目玉は、千太郎とは反対の方角を、はったと睨んでいた。

周囲の人々の目には、血祭殿が、どこを傷ついたか、薄闇では見わけ難かった。それというのも、身を沈めて放った千太郎の神速の技が、目にとまらなかったからである。

血祭殿は、胸いたを、ひと刺しされていた。

すでに、血祭殿のからだから、魂魄は技け去っていた。しかも、なお、仁王立ちの姿勢を崩さないのである。

なんとも名状しがたい、おそろしい沈黙の光景であった。

やがて——。

生命なき巨軀が、ゆるやかに、横へ傾いた。

どーっ、と地ひびきたてて倒れるのを、人々は、何か奇怪なものでも見るように、茫然と眼底に焼きつけた。

この時すでに、千太郎は、一刀を腰におさめて、歩き出していた。

誰一人、追おうとする者はいなかった。

輩下二人が、血祭殿を抱きおこしてみると、その炬眼は、なお、ひきむかれていた。

そして、そのかたわらには、血にまみれた横笛が、落ちていたのである。

春宵一刻

きさらぎの空うららかにして、雪どけの草みどりの色を発し、梅の林間に初午の幟見え、ほどなく彼岸詣でより、涅槃会の供養、この月はさいわい工商とも、手すきの折とて、野外の摘草、鶯花序をうたい、燕春光をきる。当月の朔日、日光御鏡頂戴の公事より、二日の灸の私事などより、行事もろもろはじまれり。と、これは、江戸の絵本に記されてある春のおとずれである。

ながい冬は、おわったのである。

今朝も——。

空は花ぐもり、微風もその香をはこんでくる。美しい、しずかな明るさが、宙に満ちていた。

そのしずけさをやぶる、弦の鳴る音、矢のうなり——。

いわずと知れる、松平大和守上屋敷の平庭における当主の、朝の日課がはじまったのである。

日置流名射手のうでまえは、ますます冴えて、的の巻藁には、その中点に、すでに、五本がたばになって立っている。

「えっへん」

曲り腰に手を組んで、ひょこひょこと、広縁上に九郎兵衛老人が出現して、いよいよ、今日のつとめを開始する。

しかし、去年の秋までは、主君に近づくや、まず云いかけたのは、

「殿、嫁をもらいなされ」

であったが、その文句が少々進化して来た。

「殿、ご婚儀は、いつでござる？」

これであった。

すると、これにこたえる千太郎のせりふも、おのずから、妥協的なものとなっているのは、またやむを得ぬ仕儀といわねばならぬ。

「いずれ、そのうち――」

これであった。

老人は、つまり、朝の挨拶を終えたわけである。

で――次の用件にとりかかる。

「殿、もうそろそろ、大納言様の御招待をお受けなされても、よろしゅうござるぞ。今日あたり、いかがでござろうかな」

一橋大納言治済は、千太郎の力によって現天皇退位の陰謀を、みじんに粉砕されて以来、権力者というものの弱点を露呈してしまって、なんとかして、千太郎を懐柔してしまおうと、やっきになっているのであった。

烏丸三位卿が、江戸城にもたらした京都側の議決書は、将軍家斉の面前で、披露され、その時、ひさしぶりで、威容きびしく登城した白河楽翁の、とうとうたる雄弁は、満堂を圧したのであった。

そして、楽翁は、そのさいごのことばとして、

「このたび天人ともにゆるさざる暴挙を未然にくいとめたるは、余人にあらず、松平大和守にて、まさに、一囲の木をもって千鈞の屋を持したと申すべきでござる」

と、公表したのである。

将軍家斉は、あらためて千太郎に、幕閣に復さんことを、もとめた。

しかし、千太郎は、かたく辞退して、うけなかった。

いやしくも、徳川譜代の臣として、将軍家親父に楯ついたのである。大義のためとはいえ、これは当時の武士道の吟味にそむくものであった。

よって、千太郎は、公職いっさいに就くことをさけたのである。

一橋治済も、暗愚ではなかった。千太郎をまねいて、こちらからすすめれば、

「さすがは、将軍家親父だけのことはある、憎しみを抱くかわりに、寛裕をもってすることは、大腹ではないか」

と、世間から、讃辞を寄せられる、と思いめぐらしたのである。

で――招待状は、月に二度ぐらいの頻繁さでとどけられているのであった。

千太郎は、病気ひきこもりと称して、頑として、これをことわりつづけている。

「な、殿――。公方様の御生父ともあろうお方が、あれほど、辞をひくうして、招いてござるのじゃ。いい加減に折れておやりなされい」

「爺――」

千太郎は、笑いながら、かえりみた。

「なんでござるな？」

「わしが、この世で、折れてみせたのは、爺、お前にだけだぞ。とうとう、嫁をおしつけられた。はははは」

あかるく笑って、千太郎は、弓矢をすてて、片脱ぎの袖を通すと、さっさと、広縁へもどって行った。

そのあとを、ついてもどりながら、老人は、くすんと、鼻をならした。

――わしも、泪もろくなったわい。

主君の言葉に、胸つまった感動を、老人は、この独語にした。

広縁にあがった時、老人は、この感動のために、わが役目を忘れてはならぬ、とあわてて自分を戒めて、

「殿――」

と、また大声で呼びかけた。

「殿は、まだ、市井無頼者のなりをなされて、屋敷をぬけ出てお行きめさるご様子じゃな？」

「当分、やめそうもないな」

「なんとも、なさけない悪癖がつき申した。……そんなひまがあれば、冴子姫様と、お睦みの時をすごされい」

「ところが、わしの女房になるような娘は心がけがちがうぞ」

「なんと申される？」

「ついて参れ」

千太郎が、老人をつれて、居間に入ると、そこに、冴子が、つつましく、ひかえていて、

「おきかえなさいませ」

と、すすめて、さし出した衣裳箱には、なんと、笛ふき天狗用の着物が、ちゃんと用意されてあったのである。

同じ日の午さがり――。

小えんは、ひとり、縁はしの柱にもたれて、三味線をつまびきながら、小声で、うたっていた。

花のおもいは、雲の中

ほんのり見ゆるふくみ紅
あだとなさけを白梅に
恋にはめげぬ水仙も
春をひとえの笠やどり

声は、しめって、眉宇にただよう侘しいかげが、うすら陽の中に、淡い。

いつの間にか、そうっと、伊太吉が入ってきて、その横顔を、見やっていた。

――いけねえや！　どうにも、なぐさめようがありゃしねえ。

かぶりをふって、あごをひとなでした。

小えんは、ふと、その気配に気がついて、視線をまわすと、

「どうしたのさ？」

「う、うん――。べつに、どうも、しやしねえが……」

「あたしのことを、心配しておくれなの？」

「というわけでもねえが――」

「いいんだよ。どうせ、はじめっから、あきらめていたんだから……。それよりも、おまえさん、はやく、南割下水へ行かなくっちゃだめじゃないか」

今宵、きらら主水の屋敷では、主水こと姉小路行房と由香こと夕姫の、ささやかな内祝言が、あげられるのであった。

この日には、思いきって、伊太吉は名人板前たるの腕前をふるう約束であった。

もっとも、祝言の席につらなるのは、白河楽翁と由香の母お歌の方だけが、予定されていた。松平大和守は、気まぐれだから、期待はできぬ。

「ちゃあんと、材料は用意してあるんだ。あわてるこたあねえんだ。……ただね、できれば、ここんところはひとつ、辰巳芸者の心意気で、おめえさんにも、一緒に行ってもらえたらと思ったんだが――」

云いにくそうにきり出して、伊太吉は、小えんの顔を、見まもった。

小えんは、しばらく、だまっていたが、ひくく、

「……それは、あんまり、あたしが、かわいそうだよ。……あたしも、これで――女だからねえ」

と、つぶやくように云った。

伊太吉は、大きく合点した。

小えんは、玄関へ、伊太吉を送って出ると、

「主水様は、明日すぐに、由香様をおつれして、京都へお発ちになるのかい？」

「ああ――そう云ってなさった」

「くれぐれも、よろしく申上げておくれ。……お送りしたいのだけど――」

ひと目会いたいのを、じっとこらえる女心が、伊太吉の胸に、じーんとこたえた。

――今夜、泣いて明かすだろう。泪がかれるまで泣くことだ。そして、さっぱりして、もとの小えん姐さんにたちかえってもらいてえ。

伊太吉は、小えんの家を出ると、腕を組んで、俯向いて、南割下水へあるいて行った。

竪川の二つ目の橋を渡ろうとした時、うしろから、ぽんと肩をたたかれた。

ふりかえった伊太吉は、びっくりして、

「へ、へい。これは、ど、どうも――」

と、どもりながら、頭を下げた。

いなせな身なりの笛ふき天狗が、微笑をうかべていたのである。

「今日は、お前さんの腕前を、あじわわせてもらえるそうだな」

「へ、へい。……いえ、もうお殿様のお口になんぞ、とても――」

「お殿様は、止してもらおう。笛ふき天狗という盗っ人が、顔なじみついでに、一曲吹かせてもらおう、と思って参上するのだ」

気がるに肩をならべて、そう云う千太郎に、伊太吉は、ますます恐縮した。

――まったく、こんなお方ばかりがお大名なら、三百諸侯が三万諸侯いたってかまわねえや。

「伊太さん――」

「へい」

「小えんさん、といったかな」

「ご存じなんで？」

「ああ――」

笑って、

「あの姐さんに来てもらって、三味線をひいてもらって、お前さんのしぶいのどをきかせてもらえば、今宵の婚礼は、粋なものになるのだがな」

「ご冗談を――あっしの唄なんざ……」

「いや、どうして、なかなか、大したものだ。そのうち、教えてもらおう。小えんさんの家へかようことにするか。それとも、このわしでは、小えんさんをなぐさめるのに役立たぬかな」

——おどろいた！　この殿様、なにからなにまで、お見透し遊ばしてやがる！

伊太吉は、胸のうちで、うなった。

やがて——。

旗本の小屋敷のならんだ通りにさしかかった時、前方を、ゆっくりすすんで行く二挺の駕籠が、みとめられた。供の者は、ほんの数名しか、つき添っていない。

笛ふき天狗は微笑した。

前の駕籠には、白河楽翁。

後のそれには、お歌の方。

そうと見てとれた。

「お殿——いや、旦那」

「なにかな？」

「ひとつおねげえがございますんですが……お腹立ちのねえようにおききとり下さいまし」

「なんでもきこうじゃないか」

「旦那が、そ、そのう、奥方様をおもらいなさいます時も、ひとつ、この伊太吉に、料理方を、おねげえ出来ねえもんでございましょうか」

そうたのんで、額の汗をふく伊太吉の肩を、ぽんとたたいて笛ふき天狗が、云ったせりふは、

「たのむぜ、兄哥」

これだった。

さて、荒屋敷の方では——。

縁側に、腰をおろして、主水は、ぼんやり庭をながめていた。

幾歳すてかえりみなかった庭も、春をむかえて、そこ、ここに、草木は、あたらしい息吹きをみせていた。

竹藪のかげで、佗助が、ひっそりと白い花びらをひらいている。千の利休の下僕佗助が、主人のために苦心してつくりあげたという伝説がふさわしい、楚々として気品のある美しさだった。

——母上、どうやら、このひねくれ息子も、春を迎えたようです。

心のうちで、そっと、呟いたおり、うしろの障子がひらいて、衣ずれの音がした。

「お座敷が、ととのいましたけど……ごらん下さいませ」

由香が、そこへ手をつかえて、云った。

主水は、ふりかえって、

「ととのえる道具もない筈だが――」

と笑った。

由香は、すこし頬をあからめて、

「楽翁様のお屋敷から、おとどけ下さいましたので――」

「そうか」

主水は、縁側へあがって、座敷に入った。

中央には、すばらしい蓬莱の島台が据えてあった。洲浜の台に、三ノ山が作られ、松竹梅、鶴亀、そして高砂の尉と媼が飾ってある。

一隅には、新郎の紋服小袖、裃、一刀と、新婦の白無垢、綿帽子が置いてある。

「台所には、大和守さまと伊太吉さんより、酒肴がとどけられて居ります。伊太吉さんが、もう程なく参って、料理をいたしてくれます」

そう告げて、由香は、まなざしを、床の間に送った。

そこには、三方の上に、二個の白磁の珠が、のせてあった。

主水も、それを見た。

「由香は、幸せでございます」

そっと、呟くように云って、由香は、急に起って来たよろこびの疼きに、はずかしそうに、袖で、胸をおさえた。

主水は、照れかくしに、

「因縁というやつだったのだな。……惚れ合わなくても、夫婦になるように、親同士がきめていた。はははははは」

と、笑った——そのとたん、なに思ったかさっと緊張の気色をしめして、床の間から、刀をつかんだ。

「あ——」

由香が、あわてて、主水の袂にすがった。

「見のがしておあげなさいませ。貴方様に敵対できる力を持った者ではないと存じます」

主水は、苦笑して、うなずくと、刀を由香に渡しておいて、縁側へ出た。

「狐むじなのたぐいは、早々に、退散しろ。明日から、この屋敷は白河楽翁の別邸になって、大掃除させることになる」

その叱咤に追われて、こそこそと、槙込みをぬってのがれ去ったのは、元与力戸辺森左内であった。


春らしい、しっとりとした夜気が降りて、風もなく、空にかかった十五夜の月も、うす雲も、そのまま、絵の中のように、うごかないのであった。

そして――。

荒れ門のわきに、くろぐろとうずくまる人影もうごかなかった。

小えんであった。

行くまいときめて、家の中に、じっと坐りつづけていたのだが、陽が落ちると、急に、なにかに憑かれたように、ふらふらと、夜道を辿って来たのであった。

とはいえ、屋敷の中に入りかねて、ここにこうして、うずくまってからもう、小半刻――。

いま——。

屋敷の中から、りょうりょうとして、横笛の調べがひびいて来ている。

うつろな心に、その音は、岩清水のようにしみ入るのだった。

小えんは、祈るように、胸と両手を組んで、泪ぐんでいる。

そうして……そのまま、どれくらいの時刻が移ったか。

ふっと、気がついた時、笛の音は、やんでいた。

「姐さん——」

ふいに、呼ばれて、はっとなって、立ちあがると、月あかりに、伊太吉の顔があった。

「やっぱり、来ていそうな気がしたんでね——」

その予感で、出て来てみたのである。

「……」

小えんは、何かこたえようとしたが、のどがつまった。

「どうやら、あっしの料理は、皆さんによろこんでいただけたらしいぜ。こんどは、姐さんをなぐさめる役をひきうけようじゃねえか」

「いいよ、あたしなんか――」

「この伊太吉じゃ、ものたりねえだろうが、むかしなじみで、気は置けねえや。夜釣りのあいてには、頃合だろうじゃねえか」

「あ、ありがとうよ、伊太さん」

小えんは、心から礼を云って、頭を下げた。

それから、しばらくのち――。

竪川をこぎぬけた屋形船が、艪音ものびやかに、大川へ出ていた。

「春になると、どうして、水までが、とろんとしやがるんだか……」

そう咳いてから、こぎ手は、ひくく、うたいはじめた。

夕化粧
むこう鏡に影やせて
恋に心も乱れ髪
むすぼれかかるおくれ毛は
アレ青柳の雨ひいて
夜風にゆらぐ水の月

屋形の中から、三味の音のかわりにきこえて来たのは、忍びかねたむせび泣きの声であった。

雲が、すこしずつ動いて、満月を、おぼろにつつもうとしていた。

本作品中に差別的ともとられかねない表現が見られますが、著者がすでに故人であることと作品の文学性・芸術性に鑑み、原文のままとしました。

（春陽堂書店編集部）

春陽文庫

血汐笛《ちしおぶえ》　下巻《げかん》

2023年1月31日　新版改訂版第1刷　発行

著者　柴田錬三郎
発行者　伊藤良則
発行所　株式会社　春陽堂書店
〒一〇四―〇〇六一
東京都中央区銀座三―一〇―九
KEC銀座ビル
電話〇三（六二六四）〇八五五（代）
印刷・製本　株式会社　加藤文明社

定価はカバーに明記してあります。

ISBN978-4-394-90437-3 C0193